情 书

[日] 渡边淳一 著
屈亚娟 译

青岛出版集团 | 青岛出版社

キッスキッスキッス by 渡辺淳一
Copyright ©2002 by 渡辺淳一
Simplified Chinese edition copyright ©2023 by Qingdao Publishing House Co., Ltd.
This edition arranged through Chuzai International Co., Ltd.
All rights reserved.
简体中文版通过渡边淳一继承人经由中财国际株式会社授权出版

山东省版权局著作权合同登记号　图字：15-2017-237 号

图书在版编目（CIP）数据

情书 /（日）渡边淳一著；屈亚娟译. —青岛：青岛出版社，2023.8
ISBN 978-7-5736-1307-3

Ⅰ.①情… Ⅱ.①渡…②屈… Ⅲ.①书信集—日本—现代 Ⅳ.①I313.65

中国国家版本馆 CIP 数据核字（2023）第 116876 号

书　　名	QINGSHU 情书	
著　　者	[日]渡边淳一	
译　　者	屈亚娟	
出版发行	青岛出版社	
社　　址	青岛市崂山区海尔路 182 号（266061）	
本社网址	http://www.qdpub.com	
邮购电话	0532-68068091	
策　　划	杨成舜	
责任编辑	王婧娟	
封面设计	今亮后声·小九	
照　　排	青岛新华出版照排有限公司	
印　　刷	青岛双星华信印刷有限公司	
出版日期	2023 年 8 月第 1 版　2023 年 8 月第 1 次印刷	
开　　本	32 开（889 mm×1194 mm）	
印　　张	7.5	
字　　数	163 千	
印　　数	1—5000	
书　　号	ISBN 978-7-5736-1307-3	
定　　价	45.00 元	

编校印装质量、盗版监督服务电话：4006532017　0532-68068050
本书建议陈列类别：日本·畅销·随笔

目录

1 **岛村抱月致松井须磨子的信**
　　　　——吻你再吻你,一次次吻你

15 **平塚雷鸟致奥村博的信**
　　　　——无论我们两人面临什么样的压力,你都能不离开我吗?

29 **竹久梦二致笠井彦乃的信**
　　　　——我不是为了和你说话,或是其他任何事情,只是因为我想见你

43 **柳原白莲致宫崎龙介的信**
　　　　——如此可怕的女人,你已经厌烦了吗?如果厌烦了,早点儿告诉我。那你的回答是什么?

57 **有岛武郎致波多野秋子的信**
　　　　——你爱我,我爱你,什么都不能破坏我们的感情

71 阿泷致西博尔德的信
——一想起和你在出岛一起度过的悠长时光,我就哭个不停

85 高村光太郎致长沼智惠子的信
——我那时的喜悦,无法用任何语言来形容

99 与谢野晶子致与谢野铁干的信
——数次意欲去死,却总在最后一刻想起我的恋人

113 芥川龙之介致塚本文的信
——我想和你结婚,只有一个理由,就是我喜欢你

127 伊藤野枝致大杉荣的信
——倘若离开你,我所有的一切,无论何物,无论何事,都无法想象

143 佐藤春夫致谷崎千代的信
——我连五分钟也不曾忘记你啊

157 谷崎润一郎致根津松子的信
——如果能一生服侍夫人,那将是我无上的幸福

171 太宰治致太田静子的信
——请你做一个最好的人,默默地、拼命地活下去。我爱你

187 **坂口安吾致矢田津世子的信**

　　　——和我见一面吧,我觉得有许多话必须当面对你说

203 **我收到的情书**

　　　——现在,欲说再见,却饱受痛苦之火的折磨

219 **我写的情书**

　　　——此时此刻,爱的余波依然此起彼伏,令我痛苦

233 **后记**

岛村抱月致松井须磨子的信

——吻你再吻你,一次次吻你

岛村抱月

　　评论家、剧作家。明治四年（1871年）生于岛根县。曾留学欧洲，后任母校（早稻田大学）教授。作为戏剧指导，曾参加坪内逍遥主办的"文艺协会"。后创办剧团"艺术座"。大正七年（1918年）病故。

松井须磨子

　　女演员。明治十九年（1886年）生于长野县。婚姻失败后进京，成为"文艺协会"第一期学生。在《玩偶之家》中饰演娜拉，演技出色。在"艺术座"的公演中，主演《复活》等剧目，大受欢迎。大正八年（1919年），在抱月去世不久后自杀。

两人恋情简介

两人作为"文艺协会"的戏剧指导和第一期学生,偶然邂逅并坠入情网。此事被发现后,禁止恋爱的"文艺协会"要求须磨子退出协会。抱月、须磨子以此为契机,创办了剧团"艺术座"。此后,抱月抛弃妻子,开始和须磨子同居。可是,抱月之死又使两人阴阳两隔。

  今天,从那之后,我就坐在一旁,好半天都在反复阅读这封信,我对信又抱又亲,茫然地陷入沉思。这封信既令我无比高兴、令我思念,又令我悲伤。如果有可能,我想把这封信一直贴身收藏。

(引用1)

  上文是一封情书的开头。读到这里,如果向你——一位读者——询问下列问题:写信的人是男人还是女人?年龄有多大?是什么身份?你会如何回答呢?

  首先,关于写信的人是男人还是女人这个问题。情书整体行文紧凑,段落的结尾又是男性常用的"我想……"这种直截了当的表达方式,据此,你或许立刻推测出,这一定是男人写的情书。

  其次,关于此人年龄有多大这个问题。信中有"好半天……我对信又抱又亲""想把这封信一直贴身收藏"这种表述,据此,你或许推测他是一位年纪尚小、心智尚不成熟的年轻人。

最后，关于此人的身份和地位这个问题。在信中他毫不羞涩、直白坦荡地吐露心声。据此，你或许认为他不太可能是公职人员，而应该是自由职业者吧。

可正确答案却是：他是早稻田大学教授、评论家、新剧指导、当时一流的知识分子岛村抱月。

当时（大正元年，即1912年），抱月虚岁四十二岁，已婚，育有五子。

但是，因为当时（明治末年至大正初期）"人生五十年"的观念依然根深蒂固，所以抱月的年龄给人的感觉，大致相当于现在的五十多岁。

此前，抱月在从事新闻记者、杂志记者等工作后，留学欧洲。回国后，担任早稻田大学教授。他在教授美学、文艺的同时，还作为活跃的翻译家、评论家、近代戏剧的推介人而出名。换言之，是一位著名的大学教授、理应知性睿智并明辨是非的男人，写下了这封情书。

那么，让这样的一个男人毫无保留地表白心声的女人，她究竟是谁呢？

她叫松井须磨子，曾饰演《玩偶之家》中的娜拉、《复活》中的喀秋莎等角色，作为日本最初的新剧女演员，在明治末期至大正初期红极一时，名气很大。

松井须磨子，明治十九年（1886年）生于长野县松代町，比抱月小十五岁，当时（1912年）虚岁二十七岁。她婚姻失败后进京，成为坪内逍遥主办的"文艺协会"戏剧研究所的第一期学生。在接受女演员的演技培训期间,她和戏剧指导抱月的关系日渐亲密起来。

总之,用现在的话形容两人的关系是:剧本家和女演员相爱了。当时没有影像,新剧也刚刚出现,女演员还没有成为一种职业。

而且,明治时代的陈腐观念,诸如身份的差别、男女的差异、家庭的束缚等,依然支配着人们的思想和行为。

仿佛在敲击这个沉闷时代的大门一样,情书往下持续着。

唉,就连我们彼此倾诉如此苦苦思念的信,也必须立刻撕毁,难道不觉得我们太可悲了吗?

想想真是愚蠢透顶。我们视为生命的恋爱多么神圣啊!如果被世人知道,索性让他们知道好了。

如果总是沉迷在这种思绪之中,我会崩溃的。我该如何是好?为什么我如此深爱你呢?现在我的脑子里,除了你,什么都没有。

一想起你,我就满心欢喜。世人评价怎样,我的名誉如何,这些都被我抛到了九霄云外。我恨不得马上冲过去拥抱你。你既是一个可爱的、令我喜悦、令我爱慕的人,又是一个坏人,你让我如此迷茫。除了想方设法让你成为我真正的妻子之外,我的心再也无法安宁。我会想方设法创造机会的,在那之前,你一定要等我。

正如你在今天的信里所讲的那样,你说你没有那种愿望。请说出来"我要成为你的妻子"吧。只要有机会能在一起,你我身心交融,名分之类的无关紧要吧?难道你没有想过,我们可以前往世界的某个角落,一起住在那里吗?如果我不用手中的笔向你尽情地倾诉衷肠,那么我对一切都将兴味索然。这封信能安全地送到你手中吗?万一被别人看到呢?一想到这些,我还是心存胆怯,言辞谨慎。正如你所说,我的神情看起来人前人后不一,这是事实。这是我依然无法摆脱虚荣而由此带来的烦闷所致,绝非在想我现在的女人(妻子)。即使命令我想,我也想不起来吧。我觉得,没有像我这样经历如此不幸的人。

不过,我终归是个有家室的人,所以,你那样想也正常。我要设法尽早逃离这个家,哪怕在家里待一天,我都感到厌烦,因此,我每天都在学校待一整天。我甚至想索性像个僧人一样,云游四方。只是,你那么可爱,那么让人难以忘怀,让我无法割舍。就在写这些文字时,我也一次次地想把笔放下,抱你、吻你。

(引用2)

读到此处可以知道,不久前,抱月收到须磨子的一封来信。但是,抱月心想,这封信一旦被别人看到会惹来麻烦,于是就把信撕碎后丢掉了。

根据抱月上面的信,可以推测出须磨子的来信主要是向抱月倾诉自己的满腹爱意。在信的结尾,须磨子写到,既然抱月有妻子,那她对结婚就死心了。

对此,抱月先是回复"这封信……令我悲伤""你说你没有那种愿望";然后,抱月请求须磨子说出来"我要成为你的妻子",不过考虑到自己不能马上离婚,又加上一句"名分之类的无关紧要吧"。

总之,此时的状况是:抱月对须磨子的爱在熊熊燃烧,不过和妻子市子又无法轻言分手。

这是因为出生在岛根县贫苦家庭的抱月,来到东京后,得到岛村家族的资助,才得以从大学毕业。由此结缘,他作为岛村家的养子和岛村市子结婚。由此可知,妻子市子的娘家对他恩深义重。况且,妻子市子本身并没有什么大的可称之为问题的缺点。两人已育有五子,是一对并不深爱、感情平淡的普通夫妇。

身处这种状况之中,原本一心向学的抱月,突然如同鲜花不合时宜地绽放一般,深深迷恋上了须磨子。

抱月正值男人的厄运之年——四十二岁,他的狂热只能用"鬼使神差"一词来形容。也可以说,这是平常温和谦恭、忠诚厚道的男人经常会出现的"火山大喷发"。

接下来的情书,将他的狂热记载得一清二楚。

> 我还清楚地记得六月十二日在名古屋的那个夜晚,此后七月二十五日的那个夜晚也极为重要,还有在名古屋时你留宿在我房间的那个夜晚。难忘在大阪穿起你为让我就寝而铺下的和服裙裤时的喜悦。难忘在名古屋,第三幕休息时在椅子旁静静地拥抱你时那剧烈的心跳。啊,怎能忘却这些记忆?
>
> (引用 3)

迥然不同的二人

从前文的信可知，此前，两人在名古屋公演时，互生情愫。此后，抱月让须磨子留宿在自己的房间中，两人甚至在舞台演出间隙激情拥抱。

书信随后流露出抱月对向须磨子示好的其他男人的嫉妒，然后是绵绵情话，想要须磨子的照片，会一直随身携带，还想要须磨子的手帕，因为那弥漫着她的气息。须磨子说想为抱月做和服外褂，抱月说有这个心意就行了。目前，他想要和服衬衣。如果须磨子想要和服，无论什么样的，他都为她做等。

可是，抱月为什么如此迷恋须磨子呢？

须磨子原本生长在乡村，没有受过良好的教育。她的脸比较大，五官分明，倒是适合上舞台，可是她的演技粗糙，并不纯熟。她与知性而细腻的抱月截然不同，既无知又粗野，但她上进心强，总是行动迅速又充满活力。

表面上看，两人处处不同，可实际上正因为自己身上缺少的东西对他们更有吸引力、更具互补性，所以比一般人更加狂热、更为执着的一对情侣出现了。男女之间有时正是因为性格举止迥然不同，才互为不可或缺的重要的人。

> 我也是从这次恋爱开始，才想方设法在人前装门面。恋爱真能教会我们各种各样的事。（中略）

（引用4）

今后，无论什么时候写信，在结尾处多吻几次再寄来吧，无论吻在纸上还是字上都无所谓。写信人这样做，收信人也会亲吻那里。每天十二个时辰，我们都在互相思念，让我们继续这种思念吧。

　　下次你的回信，周一装作归还一本不用的杂志（这个月我给你的《青鞜》七月刊之类的就可以）时给我怎样？把回信事先夹在里面，这样做，我觉得收到信不成问题，信绝不会丢失。好吧，就那么做吧。我总是战战兢兢，担心我的信交给邮局投寄会出问题。今晚，这封信我写到了将近凌晨一点，我要休息了。我真想在梦中见到你。不像星期六的夜晚那样，我能做很美、很美的梦。我抱你再抱你，吻你再吻你。我真想一直吻到死亡来临之时。

　　小松，吻你、吻你。

（引用5）

洋洋洒洒的情书到此结束。

　　这确实是一封倾诉衷肠的信。结尾部分"小松，吻你、吻你"的表述适合结束全文，显得既大胆又可爱。

　　现在的男人，谁还能如此坦坦荡荡地直抒胸臆呢？

　　我之所以想把须磨子与抱月的故事写成小说，创作出《女优》这部作品，起因就是读了这封情书。的确，如果没有读到这封情书，我或许不会写《女优》。

然而，抱月却把如此重要的情书放在自己书桌的抽屉里，前去信州演讲了。在此期间，这封情书被抱月的妻子市子看到了。

只能用"愚蠢"一词来形容抱月。学问高深而在其他方面马虎大意的抱月，对此一无所知。抱月返回东京之后，把这封信寄给须磨子，还装出一副若无其事的样子。可是，看过这封信的妻子，当然不可能保持沉默。

抱月不在家时，妻子市子把这封信一字一句抄录下来，每看一次信，就诅咒抱月和须磨子一次，对两人的憎恶也进一步加深，和抱月夫妻间的感情开始急剧恶化。

最终，以这封信为导火索，抱月抛妻弃子。相反，须磨子和抱月之间的关系则更为亲密，两人开始同居生活。

可是妻子市子始终不同意离婚，一直阻止须磨子成为抱月正式的妻子。或许对市子而言，这是她对抱月能做的唯一也是最有效的报复。

从抱月和须磨子两人的行为和信的内容来看，指责他们的行为自私自利、伤风败俗非常简单，谴责这封信的内容浅薄而轻率，不应出自知识分子之手也极为容易。

但是，摆脱这些浅层次批评的束缚，这封信对读者却极具魅力，它体现出的坚定执着和勇敢坦荡令人神往。

其中，最重要的理由是：抱月作为那个时代一流的知识分子，能够不矫揉造作、不装模作样，毫不羞涩、坦坦荡荡地表白心迹。

而且，抱月的体贴也暗藏其中。这封信特意回避复杂的汉字和措辞,有时甚至夹杂了日语片假名,内容浅显易懂,即使没有什么文化的须磨子也能理解信的意思。

信中随处可见的"吻你"一词,现在看来仿佛是陈词滥调,当时却显得既时髦又新鲜。

总之,我们写情书时,最重要的是大胆而诚恳地倾诉自己的感情,有时甚至要舍弃所有的自尊。当我们能够如此这般大胆地吐露真情之时,一封信所拥有的力量和所达到的效果能胜过千言万语。

追随抱月自杀

简单介绍一下两人后来的生活。因为和须磨子之间的丑闻,抱月辞去了早稻田大学教授一职,和须磨子创办"艺术座",《复活》等剧目大获成功,须磨子成为世人公认的著名女演员。

但是,在剧团内部,须磨子任性放肆,抱月性格软弱无法压制,因此两人纠纷不断。

虽然屡起波澜,两人却仿佛长短互补、阴阳协调一般,继续舞台演出。大正七年(1918年)秋,抱月流感加重转为肺炎后死亡。当时,须磨子正在舞台上演出,抱月孤身一人在冰冷刺骨的房间里停止了呼吸。

抱月去世后,须磨子原本打算继续经营"艺术座"。不过,抱月的去世令剧团的生存困难重重。两个月后,深感前途无望的须磨子把抱月送她的绯红色细腰带悬挂在剧场后门的门楣上,自缢身亡。

现在,回顾两人的一生,既可以视之为喜剧,又可以视之为悲剧。无论是留下如此深情款款的情书、为深爱的女人甘心付出的抱月,还是收到这样的信、为人深爱的须磨子,他们都率意而为地度过了一生。从这个意义上讲,毫无疑问,他们的一生是无悔的一生。

最后,再次提及抱月的情书,结尾数行,抱月因思念须磨子而产生的既喜悦又激动的沛然之情是通过什么表达出来的呢?

再次对照他的情书,我发现,这源于同一词语的重复,如"抱你再抱你""吻你再吻你""吻你、吻你"等。

一般认为,这种词语的重复只会出现在浅显拙劣的文章中,不过绝非如此。之所以被人视为浅显,是因为它们过于主观,客观性不强。在这一点上,确实如此。可在这封情书中,最浅显的词语却最有力量。

换言之,因为情书倾诉的是自己的爱慕之情,极其主观,所以不需要什么客观性。

如果现在有人要写情书,那么他无须考虑阅读书信范文、保持客观性等没有意义的事。如果情书的篇幅不够,只要反复书写倾诉爱慕之情的词语即可。

如果想接吻,就反复写"吻你再吻你"。请不要忘记,只要这样做,这句话所拥有的力量就远胜于上百句的华丽辞藻。

岛村抱月致松井须磨子的信

今天,从那之后,我就坐在一旁,好半天都在反复阅读这封信,我对信又抱又亲,茫然地陷入沉思。(上接引用1后半部分)然而,平日的世界恐怖地崩塌了。那一刻,不知为什么我好像特别想抓住你,我的痛苦难以言表。(下接引用2)

(上接引用3)你是如此可爱,希望你永远属于我,好吗?我感到悲伤的是在名古屋的后台发生的事情。之后你送酒印到停车场时,我感到惴惴不安,甚至觉得自己不像一个真正的男子汉。(中略)

我和妻子住在一起,我说不出口不让你去那种地方。不过,我总是在想:到现在为止,你和那个人见过好多次了吧。我这样想是有理由的。我不知道你们如何见面,但你们是在见面吧?请告诉我,是什么时候?怎样的情形?对了,从名古屋回来后,你们不可能不见面吧?某时的电话也是他打来的。真是奇怪,你只隐瞒那个人的事。算了,一想起这些事,我就心如刀绞、坐立不安。这都不是真的,是我的胡乱猜测。请你原谅我吧。(中略)

按照我之前说的,你的照片只要拍到脖子以上就可以了。我会把你的照片和我的头发一起放在怀里,没问题的,只要能看到你的脸就好,带胳膊的照片绝对不行。如果送手帕的话,那应该可以,所以下次我们见面商量好送的办法之后,你再送我吧。如果你感到不放心,我就放在学校,只在那里用。手帕送给我之前，你先用一用，让它留有你的气息。至于和服外褂，你有此心意，我高兴得都要哭了。东西请放在你的衣柜里。你现在应该不缺和服什么的吧？你对我那么说，我多么高兴啊！只要你想要，我会给你许多。你穿一穿如何？如果你真要给我什么，倒不如什么时候给我做一件和服衬衣吧。最好也是夏天穿的衬衣，不过今年已经没用了。（中略）

你来户山原这边散步了吗？我丝毫不知。真想见见你啊。这个月的十五号以后，我可能会在途中时常遇见你。哪怕只看你一眼啊。我是家中的书生，不必为我担心，她应该一无所知。不过，因为我，让你害怕别人；因为我，让你陷入如此苦恋。请你原谅我。请把这看成缘分。我想：这真是不可思议的恋爱。至少对我而言，这是有生以来第一次，我的内心深处如此强烈地思念一个人。如果这场恋爱破灭，那我的生命也将离我而去吧。

（上接引用4）然而，我一定会坦白我们两人的关系。死也罢，活也罢，我一定会和她协商。真正的夫妇啊，身体和心灵都应该合二为一吧。你身边有许多男人，可我周围除了妻子，我只认识一两位研究所的女人或者是女文学家。她们在你面前根本不算什么。我把全部的爱都献给你，所以请不要认为我只是一时轻浮。我绝对不会变心，所以关于那些事请相信我。你会相信我吧？反之，如果你变了心，你想一想吧，像我这样既专一又坦诚的人，不知会变成什么样。（下接引用5）

平塚雷鸟致奥村博的信

——无论我们两人面临什么样的压力,你都能不离开我吗?

平塚雷鸟

社会活动家。明治十九年（1886年）生于东京。父亲是高级官员，家境优越。原名平塚明。明治四十四年（1911年）创办杂志《青鞜》，开展女性解放运动。第二次世界大战后，倡导世界和平。昭和四十六年（1971年），八十五岁，与世长辞。去世前一年，依然致力于反对越南战争运动。

奥村博

画家。明治二十四年（1891年）出生。二十五岁时，改名博史。奥村父母虽是资本家，但奥村因替亲戚偿还借款、遭遇父亲失明的悲惨命运而历经艰辛，长大成人。十九岁学习绘画，后成为一位画家。除绘画之外，还曾在成城学园任教等。昭和三十九年（1964年），七十三岁，与世长辞。

两人恋情简介

奥村博在朋友的带领下,来青鞜社拜访。平塚雷鸟和奥村博一见倾心,坠入爱河。此后,两人关系亲密,却因周围人说三道四而断绝来往。第二年,再次见面的两人重燃爱火。又过了一年,两人开始同居生活。两人育有二子,在工作、生活上互相扶持,直至晚年。

  我正在你的自画像前静静读书。不过,偶然发生的事让我心潮澎湃。于是,我总是只凝视着同一页。

  阿姨从茅崎带来了太田为你拍摄的照片,趁家中无人,我偷偷拿出来,也不知看了多少次。最后,我把它和你的画摆在一起。不要笑话我啊。我后悔没有对阿姨说我想要照片,现在说也晚了。昨晚,阿姨拿着照片和茂一起返回了茅崎。

  实在是太感谢你的信和明信片了。你知道我是多么焦急地等待它们吗?收到时,我满心欢喜。你的诗真是美妙。谢谢你!谢谢你!现在两个都藏在我的怀中,我常常取出,百看不厌。

  城岛是一个怎样的地方?是一个好地方吗?有许多美景吗?你创作出什么画了?还能画出来吧?你要好好画啊。请你画出佳作后,早日回来。

  希望在这个月中旬见到你和你的佳作,我等你。

  纪念刊在昨天深夜完成了,我立刻给你寄去,真想尽早让你看到。请你记住,《青鞜》的纪念刊也将是我们两人的纪念刊。不过,我在上面只字未写,真是太遗憾了。

过一段时间,我找些好的读物给你寄去吧。

我现在就忧心不已:没有你的信的日子,我该多么寂寞啊。期盼你绘出精美的画作,写出动人的诗歌。

九月三日
雷鸟

比女友年轻的美男子

或许许多人读了开头的情书,已经推测出这是何人所写。

是的,从这封信中的《青鞜》、结尾的名字"雷鸟"等可知,这封信是明治年间的女权主义活动家——平塚雷鸟寄给恋人奥村博的。

当时,雷鸟二十六岁。收信人是奥村博,年仅二十一岁,是一位喜欢吟咏诗歌、立志成为画家的英俊青年。雷鸟的年龄比奥村博大,这也体现在信中的"你要好好画啊"等文字表述上。

两人的相遇,仅在一个月前。奥村受朋友之邀去茅崎,在那里的疗养院邂逅了雷鸟。那时,两人情不自禁地四目相对,彼此都被对方深深吸引。后来,奥村在自传体小说《邂逅》中,描述了当时他对雷鸟的印象:

五官端正,身材矮小却匀称,淡褐色的肌肤散发出光泽和活力。睿智的额头上垂着柔软的卷发,仿佛调皮打旋的丝绸一样。茶色的大瞳孔摄人心魄,让人联想起中心平静的山中湖泊——实际上,那里仿佛隐藏着什么深不见底的东西。燃烧的红唇充满欲望!从腹部到腰部的身体曲线,犹如面对任何动物也不会慌张的母豹,可是身体不知何处又像个未成年少女。胖乎乎的手比别人小一半,十分可爱,宛如孩子的手。如果说有什么缺点,那就是内心的孤寂。这给见到她的人留下一种安静——和她本人矛盾——的印象吧。她没有涂脂抹粉,这也令人十分中意。

于是,两人迅速走近,很快发展为恋人。因为奥村比雷鸟小五岁,又囊中羞涩,所以他们的朋友新妻莞嘲弄他为"幼燕"。后来,这作为形容比女友年轻的男友一词而广为流传,奥村自然是第一人。

在两人邂逅之前,雷鸟做出了许多令世人哗然的事。

首先介绍雷鸟的成长经历。雷鸟原名平塚明,明治十九年(1886年)出生,父亲定二郎出身纪州藩士族,先后在明治政府农商务省、外务省、会计检查院等官僚机构任高级官吏。雷鸟是她的笔名。关于其由来,雷鸟解释道:"栖息在高山地带的雷鸟,给人一种柔软、丰满的感觉,同时又不失优雅。我被雷鸟的优雅所吸引,故以此为名。"

雷鸟十二岁时,进入东京女子高等师范学校附属高等女校(通称"御茶水女高")学习。从二年级开始,她反对学校的贤妻良母教育。上三年级时,和数名同级生组建团体"海贼组",拒绝上修身课程。尽管如此,雷鸟还是顺利从学校毕业,考入日本女子大学家政科,在大学宿舍寄宿。从此时开始,雷鸟广泛涉猎哲学和宗教书籍,出入本乡教会和禅寺,废寝忘食地思考各种问题。

明治三十九年(1906年)日俄战争结束时,雷鸟从日本女子大学毕业。第二年,转入成美女子英语学校。在这里,她参加了评论家生田长江创立的"闺秀文学会"。明治四十年(1907年)夏,她结识冈本加乃子,在传阅杂志上发表小说《爱的末日》。

这篇小说发表后,雷鸟收到"闺秀文学会"的讲师、夏目漱石的门生——森田草平的一封给予善意批评的来信。以此为契机,雷鸟开始和草平交往。

此时,草平将妻子丢在乡下,正和其他女人同居,却又对年纪轻轻、积极上进的雷鸟一往情深。雷鸟劝说草平,如果想实现两人的爱情,唯有殉情,别无出路。于是,两人赶赴枥木县盐原温泉乡的山里准备殉情。雷鸟的家人得知此事,立刻报了警。警方随即展开搜索,发现两人在山中徘徊,遂将他们平安救出。

随后,草平被夏目漱石带走。不久,草平以《煤烟》①为题,将殉情事件的概况发表在《东京朝日新闻》上,引发强烈的反响。不过,草平对殉情事件来龙去脉的描述,是完全站在自己的立场上而无

---

① 《煤烟》:二人殉情一事被报纸以"名门闺秀失踪""殉情未遂"等为标题大肆渲染,进而发展成为"盐原事件",引起轩然大波。森田以此次事件为题材,把自我意识强烈的近代青年的悲剧创作为小说。

视雷鸟的心情,作为小说尚不完整。

但是,以雷鸟为代表的女性形象,在当时极其新鲜,而且草平在文中所引用的雷鸟的信坚定有力而真实自然,因此,给许多读者一种印象:新时代的女性出现了。

当然,也有许多人反感这种自我意识强烈、性格奔放的女性。不过,知识分子中,也有人给予她积极的评价。后来,《东京朝日新闻》连载的《新女性》介绍她是"即使与欧洲的女权主义者相比,也毫不逊色的一类近代妇女"。

《青鞜》创刊

殉情事件一经曝光,雷鸟就和森田草平分手了。但是,雷鸟同以男性为中心的社会做斗争的意志,非但没有衰退,反而更加坚定。不久,她接受生田长江的建议,决定创办只刊登女性作品的文艺杂志《青鞜》。

在创刊号上,雷鸟发表长文《创刊词》,文章以"元始,女性本是太阳,是真正的人……"开篇,同时刊登了与谢野晶子的一首诗——《无聊之话》,是以"山动之日来临"一节为起始的。这两篇作品作为女性解放运动的经典,引起巨大反响,杂志被一抢而空。

然而,《青鞜》此后的发展并不顺利。

首先,在第二年一月刊登的版面中,主张妻子离家出走正当的特辑招致保守人士的反感;同年四月登载的小说——荒木都的《信》,被认为是反对社会秩序,受到禁售处罚。

而且，为丰富社会阅历，雷鸟和编辑们还去吉原妓院游玩、留宿。报纸揭露此事后，她们被扣上了身为女人却违反社会道德的不良分子的帽子。

不过，新编辑红吉等人并不屈服于这些压力，建议出版个性更加张扬的杂志。不久，红吉染上肺结核，入住茅崎的疗养院。雷鸟自己也搬了过去，《青鞜》编辑部也随之迁往茅崎，编辑部一片忙乱。

收到开头那封信的奥村，就在此时和雷鸟初次相遇了。

站在女权解放运动最前线的雷鸟，和小她五岁、年轻习画学生的相遇是命中注定的。不过，恋爱的主动权一直掌握在雷鸟手里。譬如，约会后，雷鸟让奥村去自己的房间，还邀他一起出游。这确实是《青鞜》所倡导的女性主动的恋爱。

然而，嫉妒这场恋情的红吉，写信恐吓奥村。奥村身边也有人唆使他分手，导致两人的感情暂时趋向冷淡。另一方面，《青鞜》也在创刊一年后，因它的过激性、雷鸟以往和男人的交往经历等被媒体添枝加叶，大肆渲染，招致盲目轻信的人们的猛烈批评。

但是，雷鸟勇敢面对这些中伤，继续控诉当时的婚姻制度和压制女性的根源——家长制的错误。

结婚前的询问信

在积极工作的同时，雷鸟重拾和奥村之间一度停滞的感情，打算离家和奥村同居。在这之前，雷鸟向奥村寄出下面这封由八个问题构成的询问信，想以此确认他的真实想法。

一、今后我们的爱情，无论面临什么样的困难和麻烦，你都能和我一起承受吗？只要两人的真爱没有消失，无论我们两人面临什么样的外部压力，你都能不离开我吗？

二、如果我要求和你结婚，你如何回答？

三、如果我最终不愿结婚，而且憎恶因结婚而缔结的两性关系（尤其是当今制度下的），对此，你是什么态度？

四、如果我不愿和你结婚，而希望和你同居，你会怎么做？

五、如果我既不愿结婚，也不愿同居，最终只想两人分居两处，适当地共度良宵，你会怎么做？

六、对于孩子，你是什么样的想法？如果我愿意恋爱，身体也有欲望，可是不想生孩子，你会怎么做？

（以下，七、八省略）

如果换一个角度来看，这也是一种形式的情书。表面上看，情书采取了向深爱的男人提问的形式，但也可以理解为雷鸟在向今后要朝夕相处的男人倾诉浓浓爱意。

不过，从询问信的内容来看，这些问题是相爱的男女之间必然出现的问题，不必专门诉诸文字，两人当面交谈即可解决。然而雷鸟不仅把这些问题专门诉诸文字，还问恋人，不得不说这位当时的女权活动家有点儿纸上谈兵、不谙世故。

收到雷鸟的询问信,奥村大为惊讶、大惑不解。实际上,对待这种问题,与其是你问我答,倒不如通过彼此的态度去感受。可是,这位比雷鸟年轻、性格温和的青年,却像考生一样对上述问题认真作答并考试合格。换言之,他赢得了比他年长的女性的青睐。

于是,两人在巢鸭几乎一无所有地开始同居生活。她把此时写给母亲的信发表在《青鞜》上,在信中,她斩钉截铁地说:"我既然不满现行的婚姻制度,自然也不愿遵从这种制度,不愿缔结经这种法律许可的婚姻。"

现实的婚姻生活依照雷鸟的方式开始了。不久,雷鸟生下敦史、曙生两个孩子。因为两人没有正式结婚,所以孩子只能作为私生子申报。可是,后来长子敦史参军时,听说私生子对干部候补生的考试不利,雷鸟终于正式和奥村结婚,并改名奥村明。

就这样,雷鸟在形式上追逐着自己的理想,但仅凭她一人的收入,生活难以为继。雷鸟因日夜编辑杂志、养育孩子忙得焦头烂额,患上了肺结核。因此,在大正四年(1915年)——《青鞜》创刊的第五年,雷鸟将编辑工作全部交给伊藤野枝。

《青鞜》自创刊以来,围绕女性的"贞操""堕胎"等问题反复展开激烈的讨论,为女性的性自由而奋起抗争。

可是不久,野枝投入恋人大杉荣的怀抱。大正五年(1916年)初,《青鞜》在发行五十二期后,被迫停刊。

但此后,雷鸟又将活动的舞台从文字扩大到实践活动,为保护母性、争取女性的参政权而组建"新妇女协会",并呼吁修改《治安警察法》等,不断开展斗争。

日本发动太平洋战争后,文化界的许多人士被迫支持战争。雷鸟被疏散到茨城县,作为一名普通农妇而辛勤劳作,始终保持沉默。

第二次世界大战结束后,雷鸟再次返回东京,参加了反对同美国单独议和及再军备、禁止原子弹和氢弹的运动,成为汤川秀树博士组建的"呼吁世界和平七人委员会"的成员。昭和二十八年(1953年),她担任"日本妇女团体联合会"首任会长。

为理想而不停奔走的雷鸟,身体也日渐衰老。昭和四十三年(1968年),雷鸟罹患胆管癌,于三年后的昭和四十六年(1971年)初夏,八十五岁时离世。

现在,回顾雷鸟的一生,可以说是勇敢挑战既有的道德、伦理,为推翻它们、为开创女性的新时代而倾尽全力战斗的一生。

她精力充沛、行动果敢。对爱情、对男人同样也贯彻本人的意志,始终坚持自己认定的理想方式。

对于她的这种做法,也有一些批评的意见,认为它太理想化、脱离现实。不过,无论如何,事实不容辩驳:有这样一个女人,她像火焰一般炽热,独立思考,顽强战斗,对爱情也秉承自己的意志。

在给恋人的信中,雷鸟坦率地写下自己的所思所盼。雷鸟的情书蕴含着深沉的爱,实际上是向对方列出两人结婚的条件。现在看来,这对男性相当有利,对女性则暗藏危险:倘若一步走错,就会被不负责任或者放荡不羁的男性利用。

可是,雷鸟对此全然不顾,明明白白地一一列出,将自己对爱情的纯洁和专一表现得淋漓尽致。

情书,既有满篇情意绵绵、情真意切的,也有像这样保持高度冷静、极力从理性的角度来写的。

它们自有细微的差异。不过,毋庸置疑的是:只要信中流淌着爱意,就能让对方为之感动、被它吸引。

平塚雷鸟致奥村博的信

（前略）我依然无法忘记去年从你那里受到的沉重打击，因此，这次我将排除全部困难，付出一切牺牲，开拓我们两人之间自由的道路。最重要的人——你，说季节又至，所以不知要去到什么地方，不在我身边。这种情况下，我的世界一团漆黑，我该如何是好呢？

一直到今天，我已经数次提笔给双亲写信，但是，对你的不安无论如何也无法消解，这令我难下决心，中途屡屡搁笔。

现在，我要再次确认你的承诺，陈述我的意见，然后再决定该怎么办。

那么，就以下事项，我想得到你的确切答复。

八月十七日

一、今后我们的爱情，无论面临什么样的困难和麻烦，你都能和我一起承受吗？只要两人的真爱没有消失，无论我们两人面临什么样的外部压力，你都能不离开我吗？

二、如果我要求和你结婚，你如何回答？

三、如果我最终不愿结婚，而且憎恶因结婚而缔结的两性关系（尤其是当今制度下的），对此，你是什么态度？

四、如果我不愿和你结婚，而希望和你同居，你会怎么做？

五、如果我既不愿结婚，也不愿同居，最终只想两人分居两处，适当地共度良宵，你会怎么做？

六、对于孩子,你是什么样的想法?如果我愿意恋爱,身体也有欲望,可是不想生孩子,你会怎么做?

七、你确实有意搬离现在的寄宿之处吗?还是搬离的意愿没有那么强烈?只要在钱上宽裕,什么时候搬家都没有关系吧?

八、关于今后的生活,你有多大的把握?

竹久梦二致笠井彦乃的信

——我不是为了和你说话,或是其他任何事情,只是因为我想见你

竹久梦二

画家、诗人。明治十七年（1884年）生于冈山县一户酒类代理商之家。他的画作女性形象独特，画面构图简单，为世人所喜爱。另外，还留下诗歌、短歌、童话等多部文艺作品。昭和九年（1934年）病故。

笠井彦乃

明治二十九年（1896年）出生，是东京日本桥一个纸张批发商的独生女，立志成为画家。在大正六年（1917年）的画展上，以"山路筱"为名，和梦二共同展出画作。后染上肺结核，于大正九年（1920年）病故。

两人恋情简介

　　立志成为画家的彦乃,经常出入"港屋"——一家销售梦二设计的商品的店铺。梦二遂指导彦乃学画,不久两人相爱。尽管遭到彦乃父亲的反对,两人还是在京都共度了大约一年半的幸福时光。然而,彦乃染上肺结核后,被父亲带到医院隔离,从此再未和梦二见面,直至离世。

　　在大正浪漫主义的潮流之中,画家竹久梦二笔下美丽哀愁的女子画像最受欢迎。竹久梦二身边曾出现过多个女人,其中有名的是:他万喜[①]、彦乃和叶三人。

　　第一个女人是他万喜,她生于金泽,从高等女校毕业之后,和一位日本画家结婚。二十三岁时丈夫去世,在兄长的帮助下进京,在早稻田鹤卷町开设了一家名为"鹤屋"的商店,售卖手绘明信片。

　　当时的手绘明信片很流行,引领时代潮流,许多男女成群结队地前来购买歌舞伎演员和新剧演员的画像。

　　在那里工作的他万喜皮肤白皙、长着一张瓜子脸、瞳孔又黑又大,令人印象深刻。她正是梦二喜欢的那种美人。

　　明治十七年(1884年),梦二生于冈山县,十七岁时离家出走进京。第二年,进入早稻田实业学校,后中途退学。此后,在杂志

[①] 他万喜:比梦二年长两岁。虽已和梦二离婚,却在之后的大约十年间,反复与梦二同居、分居。由于他万喜去世的前夫是一位日本画画家,因此他万喜向梦二传授了日本画的技法。

上发表单幅画作。二十二岁时,在"鹤屋"一见到他万喜,立刻成为爱情的俘虏。此后,他频繁向她发动爱情攻势。第二年,两人终于修成正果。

明治四十二年(1909年),梦二出版《梦二画集·春之卷》,画集被疯抢一空,他迅速成为时代的宠儿。这种"梦二式美人画"的原型,就是他万喜。

不久,梦二和他万喜生下虹之助和不二彦两个男孩。不过,梦二和他万喜的婚姻生活并不美满,两年后,两人离婚。因为孩子的存在,两人并未完全断绝关系。

哀愁的恋人

大正三年(1914年),他万喜在日本桥开设"港屋",出售大受欢迎的梦二设计的便笺、千代纸和自制版画。一位美少女是梦二的崇拜者,经常出入这里。

她就是笠井彦乃,当时十八岁,就读于本乡的女子美术学校,父母已为她定下婚约。

可梦二对这个皮肤白皙、微微一笑时露出虎牙的女学生怦然心动,彦乃也崇拜梦二,因此,两人迅速走近。

在此期间,梦二和他万喜虽然分手但仍保持着联系,两人之间复杂的关系依然持续着。他们不时见面,还发生了梦二因嫉妒而用刀砍伤他万喜的伤人事件、第三子出生等事情。不过,这段时间,梦二与彦乃之间的感情在日益加深。

但是,在日本桥经营纸张生意的彦乃的父亲,不同意彦乃和梦二交往,监视她并禁止她擅自出门。

由于不能和彦乃见面,梦二对她的思念之情日益加深,于是频繁给彦乃寄去情书。下文是大正四年(1915年)夏天,梦二写给彦乃的信。

我失魂落魄地走过上野的大道,茫然若失地回到家中,却心神不定,躺在床上,不堪忍受对你的深深思念。蚊子嗡嗡地进攻也是一种好的刺击(激)。

一想到我如此苦苦等待信的到来,就不由怜悯近来的我。

你可怜又可爱,我却可悲。这是何等可悲而孤寂的恋情啊。每每想起,有谁知晓前途?只有这般焦急等待的今天是真实的,昨天、明天都不复存在。

这已不堪忍受,更何况现在内心深处的孤寂。

如果像最近这样满腹心事,我会死的吧。我用尽全力,却无法抓住不安。我想想自己,如果没有一个让我思念的人,我将无法活下去。

跳得更高些吧,让悲伤更猛烈些吧。泪水啊,如阳光一般洒落。

赤裸裸地彼此拥抱,不要哭泣啊。

毫无疑问,这封信是一封情书。不过在读的过程中,让人感到:这与其说是在向女子倾诉衷肠,不如说像是抒发热恋中自己心情的诗歌或者歌词。

这正是梦二书信的特征：他喜欢女人，不过，在不知不觉中更迷恋和女人恋爱的自己，所谓"自恋倾向"逐渐显露。

正如自己将原名茂次郎改为"梦二"一样，他容易沉迷于梦中的性格在这里也有所体现。这也是梦二的才华，不过，小他十二岁的彦乃收到这封像歌词一样的信时，好像有些不知所措。

大正五年（1916年）十一月，梦二和他万喜完全断绝关系，迁居京都，在这里继续等待彦乃有朝一日从东京到来。

下文是迁居京都一个月后，梦二致彦乃的一封信。

彦：

（前略）后来怎么回事呢？我知道你忙忙碌碌，面对各种困难，不过如果你不来信，我会放心不下的。甲州之行，情况怎么样？不知为什么，近来我倍感孤枕难耐。我让村濑暂时寄宿在附近，我和不二彦两人生活。每次我和孩子两个人睡觉时，我都觉得孩子天真可爱，但我依然期盼爱情的归宿。倘若你要去甲州，我想你也不是不能来这里。我们虽心有灵犀，但手可触摸的柔软肌肤却遥不可及。你宛如原本书中才有的、漫步在江户街道的姑娘，遥远而令人怀念。我无端地想见你。如果你托故去甲州而来这里，我给你车票。如果这样不行，我去也可以。我真想见你，哪怕只看你一眼。我从未如此孤寂，这都是因为对你的痛苦思念。如果你连一封信都不寄来，我会相当难挨。我不是为了和你说话，或是其他任何事情，只是因为我想见你。

梦

此时,梦二和次子不二彦共同生活。长子虹之助被前妻他万喜带走,三子草一被送到官吏河合荣次郎家当养子。在三个孩子中,梦二格外疼爱次子不二彦,此后和其他女子同居时,他也一直把不二彦带在身边。

这封信的前半部分写的是一些别的事情,后半部分全是思念彦乃的绵绵情话。与其说信中写的是梦二想和彦乃见面的理由,不如说梦二是在反复呼喊"我想和你见面"。这清楚地反映出梦二的性格——像一个想要什么就无法克制住自己的磨人的小孩子。

对梦二的这封信,彦乃的回信简短而冷静。

川:

别再这样撒娇了……请你相信我,让我来处理。你在我心里,所以,如果这次失败了,你还这样懦弱的话,那我就去死。要懂事啊。

山

如果对他们的事一无所知,只看上面的信,或许会误认为这是母亲写给儿子的信。

但是,实际上,这是二十一岁的女孩写给已结过一次婚、有三个孩子、比她年长十二岁的男人的信。

此时,彦乃和梦二相爱的事被父母发现,她被软禁在家中。

梦二不断催促身处这种境地的彦乃尽快逃来京都。他太沉不住气,这让彦乃感到吃惊,于是在信中教导梦二。

彦乃告诉梦二"别再这样撒娇了""请你相信我""你在我心里",自己正在酝酿逃跑计划。她还威胁梦二,如果他那么不能忍耐、那么懦弱,她就去死。最后一句"要懂事啊",完全像母亲在安抚年幼的孩子一样。

本来确实有这种说法:"任何男人,在自己喜欢的女人面前都会变成小孩子。"即便如此,他们之间这种逆转的关系,已不只是让人觉得奇怪,而是惹人发笑。

平素摇摆不定,不沉着冷静,经常感到孤独,一旦想要什么就迫不及待。虽说这些是男人的特性,可梦二是肆无忌惮地撒娇、任性,这一方面让彦乃不知所措,另一方面又让她更珍爱像个磨人孩子似的梦二。

信中出现的"川""山"是欺骗彦乃家人的暗号,"川"指的是梦二、"山"指的是彦乃,这也是梦二想出的暗号。他确实有孩子气。

此后,彦乃以去京都学习绘画为借口,巧妙逃离东京,按照约定来到梦二的身边。

为此,梦二租借了能看见高台寺南门鸟居旁边八坂之塔的二楼的房间,正式同最深爱的彦乃组建家庭。

可是,在新居的安定生活为时不长,梦二就带着彦乃从北陆到九州旅行、写生。或许这种水土不服的生活对于体弱的彦乃来说太过艰辛,一年后,彦乃染上肺结核,被她的父亲接走,送入京都的医院隔离。

但是,彦乃随即从医院逃走,再次回到梦二的身边。彦乃父亲发现后,将她带回东京,让她住进御茶水的顺天堂医院。梦二赶来探视,却连见彦乃一面的机会都没有,就被驱离医院。彦乃父亲经营老店,为人稳重,不会接受年纪不小却只会说甜言蜜语的梦二。

下文是彦乃在东京医院的病床上写给梦二的信:

请珍惜你的名声……我已经平静下来了。请好好工作,重视你的事业。虽然我真想见你啊……

乃

此时,彦乃应该已经知道自己得的是不治之症。从这个意义上讲,这封信近似遗书。在信中,彦乃如此冷静地为梦二的前途担忧,平静地诉说对梦二的满腹相思。

此后,彦乃再也没有见到梦二,一年后离世,仅虚岁二十五岁。

梦二怀念过世的彦乃,出版了和歌集《寄山集》。这里介绍其中的一首和歌:

正想着／我思念的姑娘／不知何时／我的恋人啊／令我悲哀

此后,直至去世,梦二始终佩戴着一枚白金戒指,戒指的内侧刻有"梦35乃25"。顺便说一下,"乃"是梦二对彦乃的爱称。

追梦人

彦乃去世了,可梦二和女人的交往并未结束。此前,从彦乃入住东京的医院开始,梦二就结识了绘画模特佐佐木兼代,对她产生了深厚的感情。

兼代当时年仅十五岁,是个眼睛大、皮肤白的女孩。她曾当过藤岛武二的模特,似乎两人还有关系。相貌像个大人,与她的年龄完全不符。

自然而然,梦二倾心于兼代,像为中意的女子起自己喜欢的名字一样,为她起名"叶",开始和她在一起。

两年后,叶怀孕了,梦二却怀疑是她和别的男人的孩子。是幸还是不幸?这个孩子出生不久就夭折了。又过了两年,叶和邻家的学生私奔,人们对此议论纷纷,不久叶又回到梦二身边。

梦二曾考虑过和叶结婚。在叶静养期间,梦二给她写信,收信人写的是"竹久叶"。然而,此后不久,梦二一结识德田秋声的女学生、美貌的小说家山田顺子(当时二十四岁),就立刻迷恋上了她。叶得知此事后,离开了梦二,顺子反而住进梦二家,家中一片混乱。

但是,这段恋情也并不长久。昭和七年(1932年),梦二只身横渡欧洲,四处游历后返回东京。后来,他去了中国台湾,在那里健康状况恶化。昭和九年(1934年),梦二在信州富士见高原疗养所孤独离世,享年五十岁。

写到此处,正如我们所了解的,可以说梦二的一生是追求女人、和女人交往的一生。或许更为确切的说法是:实际上,他所追求的并非女人本身,而是女人独有的柔弱可怜的风情。

换言之,梦二所追求的是他从远处用憧憬的目光凝视女人时女人的风情,而不是走近女人和她共同生活时女人的身体和存在感。

正因为梦二所追求的不是现实中的女人,而是虚构的理想形象,所以,他和女人的共同生活无法长久,感情迅速破裂后,他又因开始追求下一个女人而身陷彷徨。

如果只看梦二这些为人所知的和女人之间的交往经历,不得不说他是个"唐璜"。但实际上,他始终都是个只探寻女性之美的画家和追梦人,而不是现实中人。

诚然,和梦二交往过的所有女子,对现实中的他有所不满,却非但不怨恨他,反而爱慕他,这一定是因为她们都理解他作为美的追梦人的性格,欣赏他作为美的追梦人的才华。

梦二致彦乃的信

大正四年（1915年）夏

　　我失魂落魄地走过上野的大道，茫然若失地回到家中，却心神不定，躺在床上，不堪忍受对你的深深思念。蚊子嗡嗡地进攻也是一种好的刺击（激）。

　　一想到我如此苦苦等待信的到来，就不由怜悯近来的我。

　　你可怜又可爱，我却可悲。这是何等可悲而孤寂的恋情啊。每每想起，有谁知晓前途？只有这般焦急等待的今天是真实的，昨天、明天都不复存在。

　　这已不堪忍受，更何况现在内心深处的孤寂。

　　如果像最近这样满腹心事，我会死的吧。我用尽全力，却无法抓住不安。我想想自己，如果没有一个让我思念的人，我将无法活下去。

　　跳得更高些吧，让悲伤更猛烈些吧。泪水啊，如阳光一般洒落。

　　赤裸裸地彼此拥抱，不要哭泣啊。

大正五年（1916年）十二月下旬

　　前天因"伊势"去了图书馆。没有什么好的参考作品，我为之苦恼。彦你画的写本中，画作的构图果然好，对我很有帮助。真遗憾，如果有下卷就好了。纵然与时代的要求不符，我也打算做。春天来临，我准备去美术学校临摹画卷。后来怎么回事呢？我知道你忙忙碌碌，面对各种困难，不过如果你不来信，我会放心不下的。甲州之行，情况怎么样？不知为什么，近来我倍感孤枕难耐。我让村濑暂时寄宿在附近，我和不二彦两人生活。每次我和孩子两个人睡觉时，我都觉得孩子天真可爱，但我依然期盼爱情的归宿。倘若你要去甲州，我想你也不是不能来这里。我们虽心有灵犀，但手可触摸的柔软肌肤却遥不可及。你宛如原本书中才有的、漫步在江户街道的姑娘，遥远而令人怀念。我无端地想见你。如果你托故去甲州而来这里，我给你车票。如果这样不行，我去也可以。我真想见你，哪怕只看你一眼。我从未如此孤寂，这都是因为对你的痛苦思念。如果你连一封信都不寄来，我会相当难挨。我不是为了和你说话，或是其他任何事情，只是因为我想见你。

彦乃致梦二的信

川：

　　别再这样撒娇了……请你相信我，让我来处理。你在我心里，所以，如果这次失败了，你还这样懦弱的话，那我就去死。要懂事啊。

山

　　请珍惜你的名声……我已经平静下来了。请好好工作，重视你的事业。虽然我真想见你啊……

乃

柳原白莲致宫崎龙介的信

——如此可怕的女人,你已经厌烦了吗?如果厌烦了,早点儿告诉我。那你的回答是什么?

柳原白莲

歌人。明治十八年(1885年)生于东京,父亲是伯爵柳原前光,母亲原为柳桥艺伎。她是大正天皇的表妹,原名烨子。明治四十四年(1911年),与伊藤传右卫门结婚。发表和歌集等作品。后同龙介结婚,育有二子。昭和四十二年(1967年)去世。

宫崎龙介

社会活动家、律师。明治二十五年(1892年)生于熊本县。受父亲宫崎滔天的影响,从在东京帝国大学就读开始,就开展社会主义运动。毕业后,担任社会民众党中央委员等职务,全身心投入到民族主义运动中。二战后,担任律师。昭和四十六年(1971年)去世。

两人恋情简介

大正九年（1920年），为征得白莲的同意，将她的戏曲《指鬘外道》[①]改编为舞台剧，龙介拜访了白莲。此后，两人交往逐渐密切，爱意渐次浓烈。大正十年（1921年），白莲将写给丈夫的离婚书发表在报纸上，后离家出走，这酿成喧嚣一时的"白莲事件"。她和龙介也天各一方。两人开始共同生活是在两年之后。

  今天，我和饭塚君见了面。我们决定，将于六月二日至六日在"市村座"举行演出。演员阵容大致和以前相同，可能调换两三人。如果方便的话，你来东京好吗？

  我还见了山田耕筰先生，据他说，乐谱的原稿尚未完成，我请他尽快写出来。《指鬘外道》的改编进展顺利。

  黄昏时分，暴雨如注，电闪雷鸣，这是天要变暖的迹象吧。蛙声阵阵，我愈益感受到夏日的气息。不久，萤火虫也将漫天飞舞吧。岁月交替，我每天都在期待夏季的来临。究竟是谁让我如此一往情深？迄今为止，我从未有过这种经历。我自认为这是不可思议的命运，仿佛婴儿渴望母亲的乳房一般……你每天在想些什么？是否偶尔也会想起我呢？

龙介

[①]《指鬘外道》：白莲创作的一出戏剧。内容以佛教故事为基础，塑造了受制于情欲的男女。后来龙介等人将其改编为舞台剧。白莲进京，观看排练，萌生了同龙介的爱情。

龙：

　　我把我迄今所有的事情全告诉了你，再无任何隐瞒。如果有人像人鱼一样被刺伤，那是那个人的错。你应该不会背叛我吧？这次如果连你也让我体会到男人就是这种东西，也让我憎恶，那我就不再是我，而是像人鱼一样，或许像扔旧草鞋一样，毫不可惜地抛弃你。不，或许会做出比这更可怕的事情。我如果做出邪恶的事，那全是拜男人所赐。下次见面，我有一肚子的话要对你讲。我一直相信你，你明白吗？

　　六月，我还是不能去吧。山田先生也在焦急地等待。除了他，还有其他人吧？为什么我如此强烈地诱惑别人呢？恋情和人世的无情令人伤悲、痛苦。请紧紧拥抱我的身体、我的灵魂，就连你的手也绝对不能碰其他女人的嘴唇，不许想女人的身体啊！你要紧紧拥抱我的灵魂啊，必须啊！糊涂的想法，哪怕是一分一秒也不能有。

　　夏天我们见面吧。因为现在人们的注意力过于集中在我身上，我快头晕目眩了。而且，我也不想让你被别人嫉妒。你毕业后，或许我会把你投入嫉妒的火焰中，向人们炫耀：来看一看他吧。请你做好思想准备。如此可怕的女人，你已经厌烦了吗？如果厌烦了，早点儿告诉我。那你的回答是什么？

　　　　　　　　　　　　　　　　　　　　　　　莲

有夫之妇和东大学生

开头是一封男人写给女人的信,写信的人是当时(大正十年,即 1921 年)二十九岁、东京帝国大学的学生宫崎龙介。他父亲宫崎滔天是活跃于明治至大正年间满腔激情、忧心国事的革命家。正因如此,龙介受到父亲的影响,在东大就读期间,和同伴创办了杂志《解放》,并开展救助贫穷工人的社会活动。

随后是一封女人写给男人的信。写信的人是当时三十六岁的柳原白莲。柳原白莲生于明治十八年(1885 年),是柳原前光伯爵的第二个女儿,此时是被称为"九州煤矿大王"的伊藤传右卫门的妻子。在此之前,白莲从华族女校中途退学,和北小路资武结婚,五年后离婚。后入东洋英和女校求学,就读期间加入"竹柏会",师从佐佐木信纲①,在短歌杂志《心之花》上发表了短歌。

嫁入伊藤家时,白莲二十六岁,丈夫传右卫门五十一岁,两人相差二十五岁。她住在铜制屋顶、被称作"铜殿"的豪宅中,因容颜秀美、才华出众而被称作"筑紫的女王"。

白莲之所以能和龙介结识,契机是龙介为征得白莲的同意,将她发表在杂志《解放》上的戏曲《指鬘外道》改编为舞台剧,专程去九州拜访了她。

白莲身为身份高贵的华族之女,却在家人的要求之下嫁给了

---

① 佐佐木信纲:明治、大正、昭和年间的歌人、文学家。和与谢野铁干组建"新诗会",以求和歌的创新;创作短歌、学校歌曲等;还从事和歌、和歌学的历史研究、外语翻译等,成果丰硕。

九州的大富豪。对不爱丈夫、郁郁寡欢的白莲而言，小她七岁、知识渊博又热情洋溢的龙介宛如她在沙漠中邂逅的绿洲。

另一方面，对年纪轻轻、满怀好奇的龙介而言，笼罩在不幸阴影下的、美貌的有夫之妇则极具魅力。

开头的信写于两人在京都秘密相会之后，两人通过情书传递彼此日益加深的思念。

龙介的信前半部分以戏曲的话题为中心，中间开始转为季节描述，结尾则是对白莲的深情表白。正因为年轻，所以言辞简洁有力，甚至有"仿佛婴儿渴望母亲的乳房一般"的表述，这是在向比自己大的女人撒娇。

像这封信一样，先处理事务，中途变为情书，这种常见的写信的方式可以说是男人特有的对羞涩之情的掩饰。

与此相比，白莲的信感情远为直接而强烈。她的信既不问候时节，也未说明自己的近况，而是突然逼问龙介："你应该不会背叛我吧？""我一直相信你，你明白吗？"这句话则体现了年长女性的坚定和执着。

对于男人让她来东京的邀请，白莲答复说不能去。当时，从北九州到东京是一个漫长的旅程，要换乘火车、轮船，需要整整两天的时间。不过，信中列举的理由是：自己正被形形色色的男人关注。

此后的一段文字，更加激烈而坦率——"就连你的手也绝对不能碰其他女人的嘴唇，不许想女人的身体啊！你要紧紧拥抱我的灵魂啊，必须啊！糊涂的想法，哪怕是一分一秒也不能有"。在这咄咄逼人的文字中,白莲炽热的情感喷涌而出。

最后几句"请你做好思想准备。如此可怕的女人,你已经厌烦了吗?如果厌烦了,早点儿告诉我。那你的回答是什么?"流露出的感情更加强烈。

他们在写情书时,往往迫切地想试探出对方的真心,出于这种心情,多采用疑问句的形式。实际上,龙介信中的最后一句话"是否偶尔也会想起我呢?",也是一种轻微的疑问语气。与此相对照,白莲的最后两句话不仅语气强烈,以问号结尾,而且问号之前"厌烦了吗?"这种追问男人的气势,是男人的信无法相提并论的。

尽管情书很多,但结尾笔触如此凌厉的却极其少见。

情书的一个作用是让写信的人在下笔的过程中心旌摇曳,又因为对方不在眼前,所以笔下的情感似乎比真实的情感更加深厚。恋爱有一种凝缩作用,所以自己强烈的爱慕之情得以凝缩,也更容易说服对方。当然,有时这种太过强烈的爱意也会让对方招架不住,从而心生怯意。

事实上,龙介一看到白莲的这封信,不安立刻萦绕在心头。他甚至感到些许恐惧:像现在这样发展下去,自己或许有一天会被白魔女欺骗而粉身碎骨。

龙介虽然心怀不安,可另一方面,这激起了他对女人和想看到恐怖事物的好奇心,导致他对白莲更加情根深种。

此后,两人的关系越发密切。不久,白莲发现自己怀上了龙介的孩子,于是决意离开传右卫门。

给丈夫的离婚书

大正十年（1921年）十月二十日，白莲利用和丈夫一同进京之机，突然出走。在第三天的《朝日新闻》上，白莲发表了给丈夫伊藤传右卫门的离婚书。

这一天的《朝日新闻》的社会版附上了白莲和龙介的照片，全面报道白莲失踪事件，标题生动醒目——"抛弃结婚十年的丈夫，白莲女士奔向情人的怀抱""十年含泪的婚姻生活，被煤矿工人出身的丈夫不理解而受虐待的倩影"。

离婚书确实是白莲写的。之所以被公布在报纸上，是白莲为了稳住最先打探出她出走消息的朝日新闻社记者，为从伊藤家安全出走而达成的交换条件。

这封离婚书文字坦率、态度坚决。这是许久之前，白莲为这一天而写好的。

她先写道："这是我作为你的妻子，给你写的最后一封信。"然后诉说，为了婚姻幸福，自己迄今所能付出的全部努力。

她又倾诉到，可是所有的期待和努力都化为了泡影。其中，最大的理由是：在服侍丈夫传右卫门的女人之中，有人明显和他有肌肤之亲，自己作为家中女主人的权利也被别的女人夺走。

白莲的这种指责是有的放矢的。从婚前开始，伊藤家实际上的家庭主妇的工作就被委托给一名叫"崎"的女佣。在传右卫门身边服侍的女人之中，有许多人和他发生了关系。这好像所谓妻妾成群，因此虽说是正妻，可白莲不过是床笫之间的装饰而已。

当然,站在传右卫门的立场上,他确实是出于以下考虑:白莲是华族出身的贵族小姐,恐怕难以妥善处理有各色人等出入的大家族的所有事务;又想尽其所能给爱好书籍、和歌的白莲更多自由的时间。传右卫门身边确实有类似妾身份的女人,这是事实。不过,在当时,大家族的家长和大店铺的老板身边有这种女人也不足为奇。

白莲却无力承受,也没有理由必须承受这种状况。在离婚书中,她直言不讳地发泄对迄今婚姻生活的不满,然后断言:"我作为你妻子的价值还不如一个女佣。"

"又及"中写到,她将用挂号邮件的方式返还传右卫门赠送的宝石;留下的衣裳等物品,希望按照自己列好的目录分送给大家;白莲自己的正式印章虽不能寄去,不过如果是名分变更需要,可以随时盖章,等等。

这真是一封绝妙的离婚书。正因为当时是现在无法想象的陈腐的旧时代,所以读到它的读者大为惊讶,舆论哗然。

这就是广为人知的所谓"白莲事件"。于是,白莲的丈夫伊藤传右卫门和她的情人宫崎龙介立刻成为舆论的焦点。

尤其是传右卫门,妻子气势汹汹地发表离婚书又离家出走,作为丈夫,他忍受着许多人好奇的目光,颜面尽失。但是,传右卫门在此后的新闻记者招待会上,只说"这出乎我的意料,完全没有想到",并没有直接指责白莲。

另一方面,龙介作为诱拐、窝藏白莲的男人,也和传右卫门一样忍受着众人好奇的目光。他还因为害怕舆论的巨大反响,销声匿迹了一段时间。他一直担忧自己和白莲会被以"通奸罪"起诉,为此染上了肺病。

这段时间,和白莲始终毅然决然的态度相比,作为男人的龙介有些软弱,意志并不坚定。

对这一事件,舆论最初确实对白莲多少持有好感。不过,看到传右卫门不口出恶言、对出走妻子的宽容态度,认为白莲太过任性的人反而逐渐增多。从赞成和反对两派势均力敌,不久又变为指责白莲的一派占据上风。尤其在女性之中,支持白莲行动的人更少。这还真是出乎意料。

此后,白莲按照先前的计划,住到龙介父母家。不过在嫂子和姐姐的劝说下,白莲返回了柳原家,处于一种被软禁的状态,和龙介断绝了一切联络。

在这种处境下,白莲为龙介生下长子香织。此后,她寄身在京都的大本教总部,在这里终于和龙介再会。

在事件发生两年后的大正十二年(1923年),关东大地震爆发,与此同时,曾引起巨大轰动的丑闻也终于淡出人们的视野,两人开始共同生活。同年十一月,白莲因和龙介的丑闻而被剥夺华族身份。

两人正式递交结婚申请是在两年后,同年白莲生下长女蕗苳,龙介则成为社会民众党中央委员。进入昭和之后,他组建国民议会和全国大众党,参加民族主义运动和亚洲各国的独立运动,后来成为一名律师。

这样看来,白莲一家似乎终于变成普通的家庭。长子香织在太平洋战争中战死,白莲为排解悲痛之情,创作和歌,还组建了"国际悲母会",在全国各地演讲。

另一位当事人传右卫门则始终闭口不提这一事件,于昭和二十二年(1947年)去世。

此后,白莲、龙介夫妇相亲相爱、相伴终老。昭和四十二年(1967年),白莲在赌出一生而投入其怀抱的丈夫——龙介的悉心照顾下去世。四年后,就像是为了追随她,龙介去世。

两人的晚年平静祥和,难以想象他们曾是将一个时代搅得天翻地覆的丑闻的当事人。

无论如何,他们的恋情经数百封互相传递的情书而得以加深和升华,这是事实。情书是促进两人恋情发展的推动力,这也是事实。

因为谈恋爱而写情书,通过写情书,变得对对方越发倾慕,于是对方也情意绵绵,彼此都被深深吸引。

白莲写给丈夫的离婚书

伊藤夫君：

这是我作为你的妻子,给你写的最后一封信。

现在,我写这封信可能让你感到突然,但是,对我而言,不如说这是一种必然的结果。或许你会感到吃惊,不过如果你静静地听完我下文要说的事,我觉得你应该完全能够理解。归根结底,我们之所以走到今天这种地步,是你一手造成的。

我想请你从我和你结婚之初开始回顾,好好想想为什么我只能选择这条路。

如你所知,我之所以嫁给你,是因为我想摆脱之前不幸的婚姻,过普通女人那种悠闲的生活,期盼这次能在和睦的家庭中、真爱的伴随下生活。因为正好有缘,在我确定嫁给你之时,我不知道你是否想过这或许是出于金钱的力量。我想:虽然我们年龄悬殊,可那反而一定会让你珍惜我。我也听说,你没有什么学问。我虽然能力有限,可还是想用自己的爱和真诚来弥补你的不足,帮你提升自我。作为我来说,我想信赖你的爱情和力量而生活。自不必说,这是因为我宁愿相信你比任何人都爱我。

每当想起你是如何对待我的,无论何时,我总是满含泪水。在完全陌生的环境中,我唯一可以依赖的,只有丈夫的一片柔情。对于家庭,虽然能力有限,但是想到我作为家庭主妇的身份,我也是带着许多想法而来的。然而,和我的期待截然相反,在我到来之前,那里已有一位女佣崎拥有近似主妇的实权,而且她和你绝对超出了普通的主仆关系。因为和我相比,你更爱她。何谈用你所创造的财富为社会服务的理想?我首先被这种意外的家庭氛围惊呆了。

每次有事时,你总和崎站在同一阵营。

我虽然是主人的妻子,但在家中却无法让一个用人做任何事。(中略)

实际上,我作为你妻子的价值还不如一个女佣。(中略)

临别之际,赠君一言。不管怎样,十年间,你多方照顾有许多缺点的我,对此恩情,我深表感谢。

这封信写得长,不是为了责备你,而是想说出长久以来藏在我心里的话,以求得到你最后的理解。

信至结尾,我想:我走后你的家庭反而会更和睦吧。首先,对艳子小姐,这应该也是一件幸事。这样,你也可以少一些担心。无论什么事情,只要是我喜欢的你都厌恶,我厌恶的你反而觉得可爱,你的那种感觉让人不可思议,也让我倍感痛苦。只要我不在,你就有一双慧眼,能够清楚地分辨所有人的善恶,家人该多么幸福啊!

所谓女人的心,只要你真心爱她,她一定会全心全意地爱你。我希望今后你务必给予女人适当的评价。这既是为了儿子,也是为了你。

有岛武郎致波多野秋子的信

——你爱我,我爱你,什么都不能破坏我们的感情

有岛武郎

作家。明治十一年（1878年）生于东京。在优裕的家庭中长大，曾把自己的农田分给佃农，是一位人道主义者。明治四十二年（1909年）和安子结婚，七年后妻子去世。从大正六年（1917年）开始，正式加入作家行列。大正十二年（1923年）自杀。

波多野秋子

编辑。明治二十七年（1894年）出生，父亲是实业家，母亲是新桥艺伎。就读于实践女子学院期间，和波多野春房相识，第二年结婚。从青山女学院英文科毕业后，于大正七年（1918年）来到《妇人公论》编辑部工作。大正十二年（1923年）自杀。

两人恋情简介

秋子应编辑部主任的要求,去拜访有岛向他约稿,两人由此邂逅。此后,秋子频繁接近有岛。最初对秋子无意的有岛,逐渐心生爱意。有岛曾数次尝试分手,可最终还是无法割舍,和秋子结为情侣。此事被秋子的丈夫春房发现,走投无路的两人选择殉情自杀,兑现了爱情的承诺。

一封情书有时会因它寄出的时间和当时恋爱双方所处的境况的不同,而造成令人意想不到的后果。

下文是有岛武郎致波多野秋子的情书,或许正是其中的代表。

十五日的信是一封很好的信。通过这封信,我完全理解了你的心情。值得高兴的是,我想过的所谓 AB 的事情,在你左思右想、犹豫不决之时,终于真的出现了。今天我取消了此前去你家的约定。五分钟的等待,已经让你如此痛苦,一想到要让你空等两个小时,我就痛苦不已。不过我要强制约束自己,因为我得出这样的结论:

我已下定决心,不再作为情人和你交往。因为我害怕一见到你,决心就会动摇,所以我今天没去。我想通过书信或者见面的方式,向波多野先生坦陈迄今为止所有的事,向他致歉。

你爱我、我爱你,什么都不能破坏我们的感情。既然大自然不会毁灭,那我们的感情就不能被破坏。但是,波多野先生是真心爱你,爱得那么深,在十一年的漫长时光中,不仅毫无变化,而且越发爱你。欺骗他,作为情人和你来往,是何等厚颜无耻,这种事我绝对做不出来。波多野先生高尚的心灵,让我的心也为之洁净。我深切感受到他心灵的美好、可贵。你也应该在波多野先生面前坦白所有的事实。你和我分手吧。虽然时间短暂,可你的真情如此浓烈,令我惊讶,到死都是我的珍宝。如果不是眼含泪水,我怎敢考虑这些事。(中略)

被胁迫的二人

写这封信的是当时文坛的宠儿——作家有岛武郎,收信人是《妇人公论》[①]的美女编辑、有岛的责任编辑波多野秋子。

有岛,生于明治十一年(1878年),是家中长子,父亲有岛武是萨摩岛津家的陪臣,是大藏省的官员,母亲是幸子。他在学习院就读期间,还是皇太子的学友。后来就读于札幌农业学校和哈佛大学,完成学业后,成为北海道大学的前身——东北帝国大学农科大学的预科教授。

---

① 《妇人公论》:大正五年(1916年)创刊。它和当时其他的女性杂志《妇人之友》《妇人画报》不同,不涉及烹饪和裁缝相关的报道。秋子也和男编辑一样,负责文艺等方面的报道。

此后,有岛和武者小路实笃等人创办杂志《白桦》①,开始创作活动。在家庭方面,有岛和妻子安子育有三子,大正五年(1916年)安子去世,此后有岛和孩子一起生活,同时正式开始创作小说。

另一位主人公秋子比有岛小十六岁,生于明治二十七年(1894年),母亲是新桥艺伎,父亲是实业家。

秋子一进入《妇人公论》编辑部工作,就以美貌出名。秋子当时的同事——编辑泷田哲太郎有如下记载:

(波多野秋子小姐)身材修长、体态匀称、面色红润,尤其是眼睛大而有神,脸庞和鼻形等是希腊型,无论从何处看,都称得上是无可挑剔的美人。(中略)和走在街上的波多野小姐擦肩而过时,无论男女,好像没有人不回头看她。即使去看一次戏剧和相扑,也常见到有人(男人)从很远的地方用望远镜看她。

不过此时,秋子已和曾是她英语家庭教师的波多野春房②结婚。两人结婚时秋子十九岁,即便在当时也属于早婚。春房对秋子神魂颠倒,和妻子离婚后,和秋子结婚。

---

① 《白桦》:武者小路实笃、志贺直哉、有岛武郎、有岛生马等人于明治四十三年(1910年)创立的文艺杂志。它倡导人道主义、理想主义,成为大正时期文坛的中心,于大正十二年(1923年)停刊。
② 波多野春房:曾留学美国,回国后开设英语私塾。溺爱秋子,同意她不做家务而外出工作。晚年,虽已离开东京,不过据说每逢秋子的忌日,他必去扫墓。

开头的情书中有一句话"欺骗他,作为情人和你来往,是何等厚颜无耻,这种事我绝对做不出来",其中的"他"指的就是秋子的丈夫波多野春房。

当然,有岛也知道秋子已婚,不过从秋子登门向有岛约稿开始,两人便迅速走近,很快就坠入爱河。

当时,有三位大作家——有岛武郎、永井荷风、芥川龙之介——广受欢迎,而编辑却很难约到他们的稿子,不过只要秋子去约稿,他们都满口答应,这甚至被称为"文坛三大奇迹"。

不得不说,三人当中,中年丧妻又风度翩翩的有岛和秋子结为情侣极其自然。

大正十二年(1923年)四月,有岛被秋子邀到家中,两人第一次有了床笫之欢。

这时,秋子的丈夫春房本来正在外旅行,却突然回到家中。于是,两人秘密幽会的事情暴露了。后来,两人发现这是处世精明的春房故意设下的圈套,却为时已晚。

在这之后,嫉妒得发狂的春房胁迫有岛:"如果你那么喜欢秋子,我就高高兴兴地把她送你。但我是商人,可不能白白给你,你必须给我钱……我要让你痛苦一辈子。"

对此,有岛断然拒绝:"我绝不能忍受这种屈辱,把自己用生命来爱的女人换成钱。"

了解到这些背景之后,我们再来读这封情书,就能充分理解两人的立场了。

此时,有岛因被人胁迫而深感痛苦,同时又难以摆脱诱拐他人妻子的罪恶感,便决意和秋子分手。而秋子虽然爱有岛,却难以下定决心从丈夫春房的束缚中完全解脱出来。

当时还有通奸罪,丈夫可以起诉出轨的妻子和她的情人,出轨一经证实,妻子和她的情人都必须服刑。

当然,春房时不时就威胁要起诉两人,还对有岛纠缠不休,这让通过写作来追求真理的有岛陷入困境。

在这种情形之下,情书在继续。

我想你当然不会误解。我绝不是出于嫉妒和冲动才写下这封信的。我写信时,心中阳光普照。

你说自己绝不能去死之类的话,我完全理解,而且,我怀念你善良的心灵。你不能死。

为了波多野先生、为了我,请你尽可能地健康长寿。即使命运让我不能再见你,只要感受到你活在这人世间,我依然欢欣。是的,我也要回到我的孩子们身边,我要把三个孩子当作我的恋人。和你断绝一切交往的我依然爱你。对此,波多野先生也会怜悯、原谅我吧。纵使他没有原谅,那也是我无能为力的事情……

然而,如果波多野先生同情我、理解我,那我将感到喜悦。请你也静静地考虑一下所有的事情,尤其是请你考虑一下我挥之不去的念头——我想向波多野先生致歉,请告诉我一个好方法吧。

与其说我的心易于沉迷、多愁善感,不如说请不要嘲笑

（迄今为止）我的所作所为。我还是不能不怜惜、热爱我的这个弱点。我是一生受苦于这一弱点的男人吧,不仅是恋爱,在所有的事情上都是。

我想我的恋爱生活恐怕这是最后一次吧。如果还有下次,那一定是和恋爱、死亡相关的牢固婚姻吧。

如果我说了太多无聊的话,请不要理会。信我还能写下去,好像能永远不间断地写下去,因为那没有终结。

款款深情、恋恋不舍

情书到此结束。

读到此处,正如我们所知道的,这显然是一封分手信。开篇不久有岛武郎即表明态度:"我已下定决心,不再作为情人和你交往。"

正如前文所述,分手是因为两人的不正当关系被秋子的丈夫波多野春房发现,他们受到了类似于胁迫的责难。身为知识分子的有岛,对流氓、无赖、痞子似的波多野春房感到相当恐惧。

面对这种情况,对自己至关重要的秋子不仅没有和波多野春房断然分手,还有些留恋,这让有岛感到焦虑不安。当然,对秋子而言,因为春房既是共同生活多年的丈夫,又是深爱自己的男人,所以没有断然分手也情有可原。即使丈夫因为她和有岛的事而愤怒,用卑劣的手段胁迫有岛,但过错方原本就是秋子。

思前想后,有岛下定决心,今后不再和秋子来往。当然,他心中还有如下考虑：如果和秋子分手，春房就不会再胁迫自己，自己就可以避免身陷丑闻之中。

基于以上考虑，有岛写道："我想通过书信或者见面的方式，向波多野先生坦陈迄今为止所有的事，向他致歉。"

他还宣称，今后"我也要回到我的孩子们身边，我要把三个孩子当作我的恋人"，还对秋子说"祝你生活幸福"。

不论怎么看，这都是一封明白无误的分手信。可是实际上，信中却随处可见有岛对秋子的款款深情和恋恋不舍。

例如，"你爱我、我爱你，什么都不能破坏我们的感情"；又如，"即使命运让我不能再见你，只要感受到你活在这人世间，我依然欢欣"；还有"和你断绝一切交往的我依然爱你。对此，波多野先生也会怜悯、原谅我吧"等文字，深情体现得相当明显。

如此看来，这封信从表面上看是告知对方分手，但实际上，写信的人却满怀依恋，内心深处不忍分离，痛苦郁闷。

相应地，这封信行文并不明快，弥漫着欲说还休、怅然若失的气息。对波多野氏过多的关切，也可以理解为有岛对还不愿和这种男人分手的秋子的讽刺。

轻井泽殉情

这里需要特别引起我们注意的是，在这封情书中，死亡的阴影已在不知不觉逼近，如"你说自己绝不能去死之类的话，我完全理解，而且，我怀念你善良的心灵。你不能死"，又如"我想我的恋爱生活恐怕这是最后一次吧。如果还有下次,那一定是和恋爱、死亡相关的牢固婚姻吧"。

据我推测,尽管受到春房的胁迫和周围人的冷眼,有岛和秋子也一定商量过很多次未来该怎么办。两人冥思苦想,或许有岛无意中说过"一起去死吧"之类的话,对此,秋子没有答复"好"。不过,有岛一定把自杀这种行为作为一个重要选项埋在了心里。

对自视甚高、近乎完美主义者的有岛而言,与有夫之妇的恋情被人发现且可能会以通奸罪被起诉等,这是奇耻大辱,绝对不堪忍受。那么,他这样想也就不无道理:与其这样,还不如一死了之以求得安宁。

实际上,此后两人关系的发展令人难以置信。

在这封信写出两个半月后,即大正十二年(1923年)六月八日,两人从东京秘密前往轻井泽,九日凌晨,在有岛的别墅(净月庵)里自缢身亡。

而且,两人的遗体留在原地长达一个月。据说被发现时,正值盛夏,尸体已经腐烂,蛆虫密密麻麻,爬满全身。

这种方式的死,岂止是悲惨可怜,简直是凄惨绝伦。不过,两人在决意赴死之时,已身心交融。与其说是悲伤,不如说他们内心一定都满怀踏上前往另一世界旅程的幸福。

事实上,在有岛留下的几封遗书中,可以看出他对死没有一丝犹豫。据说和即将踏上死亡之旅的秋子见过面的人们,也看不出她有痛苦迷茫的神情。

尽管如此,可即使是当事人也一定没有料到:在写下分手信的两个半月后,竟然发生了这样重大的变故。

当然,如果仔细阅读这封信,就不能断言没有这种迹象。有岛下定决心分手而投寄那封信,这反而激起有岛内心深处对秋子的融融爱意,而收到分手信的秋子,也一定在那一刻意识到了有岛对自己是何等重要。

换言之,有岛百般苦恼后写下的分手信,反而使此前一直被压抑的火焰熊熊燃烧,使他们决意赴死。

从这个意义上讲,有时一封情书在很大程度上可以左右两人的人生,让他们从依依不舍到疯狂痴迷,再从生存到死亡。

想到这些,我们再次领悟到:即使只是一封情书,其中也蕴含着无尽的爱意,隐藏着无穷的力量,甚至能左右人生。

有岛武郎的遗书

致弟弟妹妹

弟弟妹妹们：

弟弟妹妹啊。

我为在漫长而美好的和谐生活中，你们尽力给予我的而感到喜悦。我脑海中留下的都是温馨的回忆。

和秋子结识以来，我感到自己日渐消沉的人生观一时充满了希望。

××××××××××××××××××。

我能告诉你们的喜悦的事是我们丝毫没有受到外界的压迫，极为自由、极为欢喜地迎接死亡。现在列车即将到达轻井泽，我们面带微笑，正在愉快地交谈。请暂时抛开世俗的观念来评价我们。只是，想起母亲和三个儿子时，我眼含泪水。三个儿子相处默契，如果他们三个的关系不好，他们都会感到无比寂寞。今后也请你们共同努力，尽量设法让他们三个能常在一起，并且能够沐浴到你们的爱。请对亲爱的外甥、侄女也转告我不变的关怀，希望美好的世界对你们永远开放。

六月八日夜　于列车上

致母亲和三个儿子

致母亲、行光、敏行、行三：

今天我见到了您和行三，但是没能见到其他两人。对我而言，这或许反而是一件好事。三个孩子啊，父亲拼尽全力抗争了啊。

我明白这种行为是异常的行为，也并非没有感受到你们的愤怒与悲伤。但是，我没有办法。

因为无论如何抗争，我还是走向了这一命运。请原谅所有的一切。不要让悲哀伤害你们自己啊。我只能祈祷你们在我弟弟妹妹亲切的关怀之下，早日摆脱悲伤和痛苦。在做这个决定之前，我是多么爱你们啊。

六月八日　于火车上

致波多野春房

波多野先生：

事到如今，我无话可说。这不是谁好谁坏的事。善也罢，恶也罢，那好像应是交由命运负责的东西，我们只是顺从了命运。尽管如此，我们仍深切地感受到你的痛苦。我衷心希望你受到的伤害能尽早减轻、恢复。我想：在我们来往的书信中，有一些文字谈到了我们对你是何种感受。但是，我们终将被自然的大手掠夺。现在，我们从内心深处向所有的人致歉，同意所有人的意见。请原谅我们还没有偿还现世的负债就离开了此世。

六月八日夜　于列车上

阿泷致西博尔德的信

——一想起和你在出岛一起度过的悠长时光,我就哭个不停

阿泷

妓女。文化三年（1806年）生于长崎县。因父亲经商失败，十五岁时沦为妓女。十七岁和西博尔德初次见面后结婚。四年后，生下女儿稻。西博尔德回国后的第三年，阿泷与一位船运商人再婚。在稻的精心照顾之下，阿泷于六十三岁离世。

西博尔德

医师、博物学者。1796年生于德国，学习医学和自然科学，二十七岁时作为荷兰商馆的医官来到日本，从事医疗和教育工作。因被发现试图将违禁地图带出日本，遭驱逐出境。在德国再婚。"境外驱逐令"解除后，在长子的陪同下再次来到日本，三年后回国。1866年去世，享年七十岁。

两人恋情简介

　　西博尔德对前来为荷兰商馆欢迎宴会助兴的妓女阿泷一见倾心。他将阿泷邀请到商馆,和她结婚生子。西博尔德任期结束,不得不回国,他以为还有机会再见,然而,由于西博尔德受到驱逐出境的处分,两人意识到可能将永无相见之日。两人再次相见,已是漫长的三十年之后。

　　(前略)每天一想起你,一想起和你在出岛一起度过的悠长时光,共同经历的巨大灾难,我就哭个不停。

　　这封情书是江户末期的1830年(天保一年),留在长崎的阿泷寄给在荷兰的丈夫——西博尔德的信。
　　这是在日本国际婚姻的黎明期,被迫分离的日本女人和外国男人之间的情书。在日本,这或许是第一封。
　　这里出现的西博尔德原是德国人。虽然我们现在这样说,可在他出生的十八世纪末,还没有德国这个国家。他的出生地维尔茨堡是所谓"主教领地",父亲是当地一位著名的医师。西博尔德继承其衣钵,在维尔茨堡大学完成医学、植物学和自然科学等学业之后,效力于荷兰政府。
　　他之所以这样选择,是因为当时荷兰在东方拥有殖民地,西博尔德认为只要为荷兰政府服务,自然就能够前往自己憧憬的东方。事实上,确实如他所愿,他被任命为荷属东印度陆军医院军医少佐,被派往当时荷属殖民地爪哇岛的巴达维亚(现在的雅加达)。此后,他被派往位于日本长崎出岛①的荷兰商馆做医官,接受如下指示:在从事医疗工作的同时,开展与日本有关的综合学术调查。

于是,1823年(文政六年)8月,西博尔德从巴达维亚登船出发,经过约一个半月的海上旅行,抵达长崎。此时,他是二十七岁的青年医官。

和妓女相爱

当时,日本在江户幕府的统治之下,处于锁国状态。在西方国家中,日本只允许荷兰一国通过出岛一地开展贸易。不过,荷兰人被禁止离开出岛,能够出入出岛的日本人也仅限于妓女和托钵僧。

当然,西博尔德也住在出岛的荷兰商馆里。他到达日本后不久,商馆为欢迎新任馆长和医官而举办了欢迎宴会,于是从当时长崎的烟花柳巷——丸山招来妓女助兴。其中有一位叫其扇的妓女,她就是后来成为西博尔德妻子的楠木泷(阿泷)。

西博尔德对阿泷一见倾心。两个月后,他再次邀请阿泷来出岛。那时,允许妓女"连日外宿"。如果对方希望,她可以留在商馆里好几天。

于是,西博尔德和阿泷的爱情故事开始了。阿泷此时年仅

---

① 出岛:江户时代,在锁国的日本,唯一一处允许和荷兰、中国开展贸易的地方,是面积约4000坪的扇形人工岛。

十七岁。她生于1806年,是长崎铜座迹一家做蒟蒻生意的老板家的第四个女儿。因父亲经商失败,家庭生活困顿,先是长女沦为丸山的妓女,随后是阿泷。

阿泷沦为妓女是在两年前,她十五岁时。她被丸山最高级的妓院——引田屋包下,艺名"其扇",专门接待荷兰人。她美貌动人,和姐姐不相上下。

对阿泷痴心一片的西博尔德一和阿泷确立亲密关系,就片刻也不愿和她分离了。当年秋天,西博尔德从妓院为阿泷赎身,和她结婚,真可谓风驰电掣、行动迅速。年轻人激情似火,闪电般结了婚。

结婚第二年,即1824年,西博尔德在长崎近郊鸣泷开设从事医疗和学术研究的"鸣泷塾"。当时,外国人离开出岛没有先例。一直以来,西博尔德因为高超的医术、渊博的学识备受赞誉,所以这是对他的特别优待。

进入"鸣泷塾"学习的,是从九州到东北地方,几乎从日本全国各地风尘仆仆赶来的年轻医学生,总数达五十七人。学生之中,有从江户末期到明治初期的很多名医,如塾头美马顺三、伊东玄朴、高野长英、石井宗谦、冈研介、二宫敬作、小关三英等人。

在这里,西博尔德教授学生医学知识,同时让他们提交荷兰语论文,论述各自家乡的风俗、产业、植物、气象状况和地形地貌等情况。

这些几乎都是遵照渴望了解日本的荷兰政府的意旨而实施的。

1826年,创建"鸣泷塾"两年后,西博尔德陪同出岛商馆馆长来到江户,结识了幕府的"天文方"兼"书物奉行"高桥景保。从高桥那里,他得到日本的天文、测绘、地图等许多资料。

第二年,阿泷怀孕了,可她却犹豫不安:即将生下的孩子是个混血儿,而且生父西博尔德将在任期结束之后返回荷兰。可是想到西博尔德诚实善良,而且即使回国,按照惯例,他也会为孩子留下一笔丰厚的抚养费,所以,阿泷决定不顾一切生下孩子。

当然,当知道阿泷怀孕时,西博尔德喜极而泣,大声喊叫:"Otakusa,太好了!谢谢你!谢谢你!"可以说,这也使阿泷进一步下定了决心。

这里的"Otakusa"是西博尔德用日语称呼阿泷时的讹音。后来,西博尔德和慕尼黑大学植物学教授合著出版《日本植物志》,他将挚爱的阿泷的名字作为书中紫阳花的学名——"otakusa"。

从江户返回长崎之后,西博尔德开始把主要精力放在长崎周边的植物和地理的研究上面。阿泷平安生下一个女婴,取名"稻"。这个女婴就是后来虽无行医执照,却作为日本第一位女医生而出名的"荷兰稻[①]"。

然而,此后发生了所谓"西博尔德事件"。

事件原委是,1828年9月,西博尔德结束在日本的任期,即将离开长崎,他的行李装到了回国的船上。不过,随即长崎突然遭受到暴风雨的袭击,装行李的船严重破损,西博尔德的行李随水流

[①] 荷兰稻:为母亲送终后,在筑地开设产科医院。她声名远扬,曾任"宫内省御用医师"的要职。然而,《医术开业考试法》实施后,因为没有行医资格,她关闭医院,在长崎生活。

出,从中发现有禁止带往外国的日本地图等物品。因此,行李连同西博尔德的房间都被仔细搜查。结果又发现他的一位学生为感谢他传授眼科手术知识,把将军赏赐的葵纹服赠送给了他。事件变得越发严重。

此后,经过为期约一年的严密调查,幕府做出严厉处罚:将西博尔德驱逐出日本,将为他提供资料的高桥景保等人,包括西博尔德的学生在内,流放边远岛屿、贬为平民。

于是,1829年(文政十二年)12月7日,西博尔德悲痛万分地离开长崎,他的学生们打扮成渔夫帮助阿泷和稻搭乘小船,到为等待顺风而尚未出发的船上,和西博尔德做了最后的告别。

在此之前,西博尔德给阿泷和稻留下银十贯匁,作为她们今后的生活费,又把她们托付给他最信任的学生二宫敬作和高良斋,他用荷兰语写道:"此次离去,恐无望再来。这一幼女(稻),请视之如我,务使其接受良好教育。"两名学生回信:"常年深受师恩,至今滴水未报。令爱之养育必全力为之。"

这一年,西博尔德三十三岁,阿泷二十三岁。在西博尔德登陆长崎、和阿泷结婚的第七年,两人挥泪告别。

阿泷和稻之后的生活并非充满阳光,她们先是住在开油铺的伯父家,后来发现他们家人嫌弃稻是个累赘,又看上阿泷的银子。她们只好离开伯父家,住在阿泷的姐姐家。

开头的信,就是此时的阿泷寄给远在荷兰的西博尔德的,这只是信的一部分。

在其他信中,还有如下文字(意译):

(前略)你给的银子,在比格尔先生的帮助下,也从伯父那里要回来了。再加上比格尔先生送来的五贯匁,合计十五贯匁,存在买办行,每月收利息一百五十匁。这也是由比格尔先生和得·菲莱纽凡先生办理的。(后略)

读到这里,即可知道西博尔德离开日本后是如何思念和担心阿泷的了。文中提到的"五贯匁",是西博尔德托人从荷兰送来的。"买办行"是以当时的荷兰商馆职员为服务对象的商人行会。

比格尔是西博尔德的助手,在商馆工作的药剂师,得·菲莱纽凡是西博尔德以助手名义从巴达维亚请来的画师。看来他们在许多方面尽力帮助阿泷。

和西博尔德离别时,阿泷年仅二十三岁。虽然生过一个孩子,但天生丽质的她却更加美貌动人,又有西博尔德赠送的大笔钱财。因此,除伯父之外,还有很多男人以各种形式企图接近她。当然,阿泷意志坚定,远离这些男人,一心一意养育稻。西博尔德给阿泷寄来的有时是荷兰语的信,有时是用平假名写的意思不甚明了的日语信。阿泷在一封信中写到,送给西博尔德绘有她和稻两人肖像的鼻烟壶。

一封封信,穿越远隔千山万水的日本和荷兰,诉说着相思之情。尽管如此,两人相距还是太过遥远了。例如,寄出一封信,如果一切顺利,对方收到信也需要四个月,有时则需要将近半年的时间。而且,因为阿泷不会写字,所以先口述要说的话,帮助写信的人先写成"候文"（日语文言文），再请人把这封信翻译成荷兰语，一封信才算大功告成。而西博尔德寄来的信，几乎都是用荷兰语写的，要先把信翻译成"候文"（日语文言文），然后再请人给她读信。

例如，西博尔德离开日本的第二年十月，阿泷寄给西博尔德一封信："今纵欲再与君相见，亦恐无望，徒增遗憾。君度日如何？我日日忧君。"当然开头的信和后来的信，我都把"候文"（日语文言文）译成了现代日语。无法想象的时空横亘在两人之间，这是当今身处电子邮件时代的人们无法想象的。

况且，西博尔德是被日本驱逐出境的，今后何时才能与阿泷再次相见呢？希望非常渺茫。

面对这种情形，在两人分别两年后的1831年正月，阿泷在别人的劝说之下，和比自己小一岁的船运商人和三郎结婚。此时，阿泷二十五岁。和三郎性格温柔，像对亲生孩子一样疼爱稻，这也是阿泷下定决心和他结婚的原因。

阿泷很快就把这件事告诉了西博尔德。西博尔德看到那封信，只是默默点头。

于是，阿泷再婚，而西博尔德依然独身。他被任命为殖民省日本问题顾问，并且，为表彰他所取得的功绩，国王威廉一世授予他勋章。他又以在日本得到的资料为基础，出版了《日本》第一分册，还有《日本动物志》《日本丛书》《日本植物志》等著作。

稻则茁壮成长，既有阿泷的美貌，又兼具西博尔德的风度，是一个皮肤白皙的美少女，走在街上，擦肩而过的人都频频回顾。但因为是混血儿,她经常遭受欺凌,只好常年待在家里。西博尔德曾经的学生教授她荷兰语和医学启蒙知识。

1845年,在离开日本十六年后,西博尔德才与德国贵族之女海涅结婚。此时,西博尔德已四十九岁,单身了十六年。他将莱顿的住宅命名为"日本",此后无论移居何处,自家庭院中总不乏日本的花木。

此时,稻已十八岁,她身材修长、容颜秀美,令许多男人辗转反侧。稻随西博尔德曾经的学生二宫敬作和石井宗谦等人学习外科、产科等知识。然而,在稻二十四岁时,发生了一件令人难以置信的事情,她竟被老师石井宗谦强暴,还有了身孕。

稻断然拒绝了试图帮助她的石井,独自生下女儿。因为这孩子不是自己想要的,是"奉送"的,因此给她取名"Tada"(日语中奉送的发音),后来改名为"高"(Taka)。

后来,高与恩师二宫敬作的外甥三濑周三结婚。丈夫去世后,高与长崎医学校的教官山胁泰助结婚。

岁月的恶作剧

1857年(安政四年),在各国要求日本开放港口的压力之下,幕府逐渐放松锁国的规定,同时也解除了对西博尔德的驱逐令。

驱逐令解除后的第三年,西博尔德在长子的陪同下,来到长崎。时隔三十年,西博尔德作为荷兰贸易公司的顾问来到出岛,再次见到阿泷、稻、二宫敬作。

此时,西博尔德六十三岁,阿泷五十三岁,稻三十二岁。

三十年的星霜洒满三人各自的人生,原料想他们一定是"执手相看泪眼",可据说阿泷见到西博尔德时只微微点了点头,别无表情,没有出现期待的浪漫场面。

是太过漫长的别离升华了过去的记忆吧。即便如此,西博尔德仍一如往昔,目光饱含深情。阿泷却神情漠然,没有流露出特别的感情。

她的态度和男人的浪漫形成鲜明对比。或许可以说,这是必须脚踏实地生活的女人的现实主义吧。

没有期待已久的激动人心的场面,西博尔德把所有的感情都寄托在女儿稻身上,在日本期间,频繁地给她写信,和她见面。

西博尔德被聘为幕府的医学、外交顾问,在长崎生活了三年。可西博尔德和阿泷的关系不仅没有丝毫改善,反而越发冷淡。据传,原因是稻为照顾西博尔德的生活给他送去两个年轻女子,西博尔德与她们发生了关系。

不管是什么原因,江户末期远隔千山万水感天动地的国际婚姻,随着岁月的流逝,确实黯然失色了。从这个意义上讲,可以说岁月是无情的。不过,也可以说正因为"逝者如斯",人类才能勇往直前地活下去。

也可以说,就像火焰燃烧时火势越大,熄灭后越发黑暗一样,正因为爱得疯狂,所以爱过之后才更加冷漠。

但无论结局如何,他们曾经疯狂相爱这一事实都不会改变。只要经许多人的手传递、旷日持久才送达的情书现在依然留存,爱情的记忆对当事人自不待言,也永存于后人心中,陪伴他们前行。

后来,西博尔德七十岁时在家乡德国的慕尼黑去世。据说,临终前,他说:"我要去美丽和平的国家。"然后就停止了呼吸。阿泷六十三岁去世,临终前,女儿稻握着她的手,阿泷低语:"我想再吃一次荷兰草莓。"

虽然,在记忆的世界里两人还能相遇,可男人就算将要离开这个世界,他还在追求自己的梦想,而女人渴望的是现实。不论东方、西方,这或许是男女共通的特性吧。

阿泷致西博尔德的信

今年七月,我从 de vileneve 先生那里收到你寄给我的三封信,得知你已平安到达巴达维亚,身体相当健康,我非常高兴。

我和稻的生活也很平安。从你离开的那天开始,每天一想起你,想起和你在出岛一起度过的悠长时光,共同经历的巨大灾难,我就哭个不停。

每当我看到你亲笔写的信,就总感觉还能和你相见。现在稻多么聪明啊!又问起那件事,她多么高兴啊!关于奥尔森已经和我约好的事,不是例外吧?我绝对不会忘记。今年我和稻早早地搬到伯父家了,他是一个非常好的人。你在日本滞留期间发生的不幸事件,让你母亲也担惊受怕了。请代我问候她。

我怎么能忘记这次又给我送来非常精美的礼物的人呢?礼物是顶针七个、盘子一个、指环十个、发簪七个,这是你从遥远的无法见面的地方特意送给我和稻的。我给你母亲和你各送一个鼻烟壶,我让他们仔仔细细地在送你母亲的鼻烟壶上描绘稻的头像,在给你的鼻烟壶上描绘我和稻的头像。送给奥尔森先生二十包烟草。那么,祝你心情愉快,盼望明年再收到你的信。

高村光太郎致长沼智惠子的信
——我那时的喜悦,无法用任何语言来形容

高村光太郎

诗人、雕刻家。明治十六年（1883年）生于东京。父亲是雕刻家高村光云。自幼学习雕刻，另一方面，十七岁时与同仁创办杂志《明星》，创作短歌、戏曲。从东京美术学校毕业后，留学欧美。回国后，创作诗集，雕刻，发表翻译作品，直至晚年。昭和三十一年（1956年）病故，享年七十三岁。

长沼智惠子

画家。明治十九年（1886年）生于福岛县一酿酒商之家。就读于日本女子大学期间，对绘画产生兴趣。毕业后，除为《青鞳》绘制封面外，还进行油画创作。此外，也在报纸上发表短文。四十五岁左右，精神出现异常，此后一直养病。昭和十三年（1938年）病故，享年五十二岁。

两人恋情简介

　　智惠子前来拜访诗人、雕刻家光太郎。光太郎被智惠子的独特气质所吸引，陷入热恋，三年后两人结婚。两人在贫困中一直坚持创作，后来，智惠子罹患疾病，终年和病魔斗争。结婚二十四年后，智惠子在光太郎的照料之下离开人世。

智惠子：

　　我看到了本月二十六日的明信片。刚才我给你写了信，现在又在写。

　　请你不要那么担心我。

　　如果你能早一些回来，我当然高兴。不过，如果你不顾有事在身，勉强回来，反而会让我心生歉意。我确实是以一种平静的心情在远方想念你，所以，请你把该做的事情安心做完，直到你即使真的回来也不会留有遗憾之时，你再回来吧。我想，你所说的有些事情大概是关于绘画吧。

　　这次应该让我欣赏你的画作吧。你在绘制一幅大画吗？在寒冷的地方，画干透也更慢些吧。

　　你说被各种事情牵绊，将晚些回来。那么，这段时间，你的身体没有什么不适吧？此前的信中你说生病了，所以，不知为什么，我总是感到担忧。

　　昨晚我做了一个噩梦，我可以写出来吧？就当写出来没事好了。那就是你成了一个杀人犯，你被许多人架到高台上，他们要在蓝天下把你烧死。不过,因为没有火,他们说要用冰杀死你。你被架到那个高台上,你的衣服全被脱光了,即便如此,不知为什么,你好像还在微笑。

你的那种身姿太美了,美得无与伦比,我一直凝视着。不久,不知从哪里流出的鲜血,流过你的乳房。就在我吃惊地凝视时,你伸出手来,倚在树枝上,宛如石像一般死了。后来好像还有搏斗,我记不清了。就这样,我两次梦见你死了。

(中略)

东京寒气逼人。

三十号,我想去一下小田原,去画柑橘田。如果在我外出时,你正好返回东京,那你就先好好休息。请保重身体。

光

二十八日夕

上文是诗人兼雕刻家高村光太郎寄给后来成为他妻子的长沼智惠子的情书。

据说,光太郎寄给智惠子的情书能装满整整一箱子,却全部毁于战火。只有这一封信,是智惠子住在新潟一位熟人处时收到的,被她遗忘在那里,因而保存至今。

从内容来看,这封信确实是一封情书。梦境部分充满诗人才有的想象力和奇异怪诞的色彩,同时又在暗示着什么。

是当时光太郎对智惠子有一种相当强烈的欲望,却又得不到满足呢?还是他把智惠子当作自己的恋人,却没有完全得到她呢?

抑或是即使光太郎以为自己完全得到了她，却又发现智惠子从他身边迅速逃走，就在离他一步远的地方对着他哈哈大笑呢？

不管怎样，这个梦既怪异又生动，似乎也反映出高村光太郎确实具备诗人才有的敏锐感觉。

从这个意义上讲，虽然仅存这一封信，但是当通过当时两人的关系来分析他们的心情时，这封信就显得极为珍贵。

光和影

明治十六年（1883年），高村光太郎生于东京下谷区西町，父亲高村光云是平民区雕刻佛像的贫困木雕师。不过，在光太郎七岁时，父亲光云得到冈仓天心的青睐，成为东京美术学校雕刻专业的教授，后来又被任命为"帝室技艺员"，一家的生计总算安定下来。

受父亲的影响，光太郎自幼就学习雕刻。十五岁时，他从东京美术学校预科升入本科，同时也对文学产生了浓厚的兴趣。十七岁时，他加入与谢野铁干主办的刊物《明星》，在上面不断发表短歌、诗歌、戏曲、随笔等作品。

十九岁时，光太郎从东京美术学校雕刻科毕业，留在学校的研究科，勤奋创作。不过，令他烦恼的是，自己的作品文学性太强。为了探索新方向，二十三岁时，他只身漂洋过海前往美国，在纽约一所艺术学校的夜校求学。第二年转到伦敦，进入绘画学校。一年后，又到巴黎。留学期间，他游历各种各样的美术馆和博物馆，文学上受到保罗·魏尔伦和波德莱尔等人的影响。二十六岁回国。

第二年,光太郎二十七岁,在神田开设了画廊"琅玕洞"。他恋上吉原的一个妓女,和她过从甚密。这个妓女的五官像西方人,在日本人中相当少见。光太郎甚至考虑过和她结婚,可这个妓女却一直对他很冷漠。失恋的光太郎终日酗酒,过着颓废的生活,同时疯狂地坚持写诗。

一年后,光太郎关闭了画廊,开始埋头创作油画。这时,在一位熟人的介绍下,他结识了智惠子,立刻被炽热的爱情所俘虏。

智惠子生于明治十九年(1886年),比光太郎小三岁。家里在福岛县安达郡经营酿酒坊。她十七岁进京,在日本女子大学的预科就读。四年后,从女子大学毕业,不顾亲人的反对留在东京,进入"太平洋画会研究所",踏上画家之路。和光太郎见面时,智惠子二十五岁,不久前刚为平塚雷鸟等人创办的《青鞜》创刊号绘制了封面。

一见到智惠子,光太郎就像受到命运之神的启示一样,一改自暴自弃的生活方式,深深爱上了她。

一年后,光太郎在装饰美术展上展出名为"紫朝之音"的塑像,在驹込设立画室。智惠子为表示祝贺,带来一大盆神秘花卉——南美产的大岩桐花,这让光太郎大吃一惊。之后,光太郎和岸田刘生等人组建"木炭画会",并不断展出油画。他还关注白桦运动[1],开始写诗献给智惠子。

---

[1] 白桦运动:以志贺直哉、有岛武郎等人创刊的文艺杂志《白桦》为中心,反抗自然主义,倡导人道主义、理想主义,成为大正文坛的主流。

开头的信是第二年一月光太郎寄给智惠子的。这一年的夏天，两人在上高地共同生活了一个月左右，便定下婚约。在此期间，智惠子断然拒绝了家乡正在为她筹备的结婚安排。

第二年，即大正三年（1914年）十月，光太郎出版诗歌代表作——诗集《路程》①。十二月，两人结婚，开始共同生活。不过根据两人意愿，他们并没有提交婚姻申请。

婚后，两人在经济方面并不宽裕，光太郎白天雕刻，夜晚创作诗歌、撰写评论，承担父亲的一部分工作来赚取生活费。

婚后数年间，光太郎完成了《裸妇坐像》和《手》等初期优秀作品。同时，他还为智惠子翻译了《罗丹之话》和维尔哈伦的爱情诗集《黎明时分》《午后时分》等作品。作为雕刻家和诗人，他开始受到人们的关注。

智惠子则在同一座房子里的二楼画室继续学习静物画，有时也去楼下的画室，窥视光太郎在模特的配合下画素描的情景。不久，智惠子对光太郎用模特绘画感到嫉妒，便提出自己当模特，光太郎也同意了。

智惠子本来就有目不转睛地盯着别人看的习惯，她虽沉默寡言，体态却匀称，光太郎对智惠子做自己的模特感到很满意。

两人有时也外出旅行写生。智惠子在福岛县五色温泉绘制的风景画中不乏佳作，在光太郎的建议下，她参加了文部省美术展览会（日本美术展览会的前身），却落选了。此后，无论光太郎如何

---

① 《路程》：不受古典诗歌的意境和词汇所限，收录许多用日常话语创作的诗歌。诗集打动了读者的心扉，显示出近代诗的无限可能，广受赞誉。

劝说,智惠子再也没有在公开场合展出过自己的作品。

这段时间两人关系微妙。光太郎不仅娶了最爱的女人为妻,而且这个女人也理解他的工作,甚至为他当模特。对他而言,这确实是工作、生活都很充实的时候。不过,对智惠子而言,自己的绘画事业没有取得像丈夫光太郎那样的成就,她为此感到焦虑。尤其是夫妇俩同时参加艺术活动时,一想到自己不如丈夫,智惠子就信心大减。在文部省美术展览会中落选是一个象征性的事件,从那以后,智惠子不再那么热衷于绘画事业。不仅如此,智惠子还患上了肋膜炎等病,常年生病。

如果是普通夫妇,只要丈夫的工作顺顺利利,妻子大多满足并接受在背后支持丈夫这一角色。不过智惠子就是智惠子,她希望并坚信自己能成为一名著名的画家。但实际上,每当看到丈夫的作品时,她就发现自己力有不逮,不断受到沉重打击。

可以说,这种情形和"与谢野晶子致与谢野铁干的信"中所展示的夫妻关系正好相反。

精神错乱的妻子

大正十年(1921年)至昭和五年(1930年)的十年间,光太郎从三十多岁步入四十多岁,这段时间是他创作生涯中最成熟、最活跃的时期。他发表了《雨中的总教堂》《舔伤的狮子》《鲇》《雷兽》等日本近代诗歌史上具有里程碑意义的作品。同时,他还陆续翻译出版了梵高的《回想梵高》、惠特曼的《自选日记》、维尔哈伦的诗集《黎明时分》《天上的火焰》和罗曼·罗兰的戏剧作品。

与此形成强烈对比的是,智惠子仅发表了《病间杂记》《为生存意义的烦恼而烦恼》等数篇随笔,而画笔几乎未动,身体依然多病。而且,从昭和二年(1927年)起,智惠子的娘家长沼家经济状况开始恶化,两年后破产,家庭四分五裂,家里好几个人都由光太郎照顾。

从这时开始,智惠子的健康状况进一步恶化,四十五岁时开始出现精神异常的征兆。第二年七月,智惠子在自家画室里服用安眠药企图自杀,最终未能达到目的。当时的遗书洋洋洒洒,记载了她和光太郎共度的美好时光以及对他的感激之情。

光太郎尽其所能地帮助智惠子早日康复,同时他也担心自己万一出什么状况,于是把智惠子的户口迁入自己家,正式和她结为夫妻。为治疗智惠子的精神疾患,光太郎带她游历东北的温泉,兼顾扫墓。然而,智惠子的病情还是不断恶化,甚至从精神分裂症发展为痴呆。

昭和九年(1934年),四十八岁的智惠子病情一度有所好转,曾经学过的织布也会了。于是,光太郎把智惠子移居到她母亲和妹妹、妹夫居住的九十九里浜,自己每周从东京赶过去。十月,光太郎的父亲光云去世,留下的微薄遗产也全用来给智惠子治病了。

可是,这一年的十二月,智惠子的病情再次恶化。光太郎向熟人倾诉:"智惠子的疯狂日甚一日,最近她已不能再住在那个地方了。我又带她回家,用心照顾,尽力治疗。可是她一连好几天没日没夜地发疯,连我也不知道怎么办好了。"

面对这种情形,第二年二月,光太郎不得不让智惠子住进东京南品川的詹姆斯坡医院。智惠子除了患精神上的疾病之外,还染上了肺结核。光太郎每天往返医院,因疲劳过度导致大量吐血。智惠子是否知道这些呢?她仿佛童心未泯,不停地折纸玩。光太郎看到这一情景,给她买来彩纸,她便用这些彩纸折出各种花样,流露出已被她遗忘的对绘画的热情。

光太郎感觉这样的智惠子非常可爱,为此创作出了《无价的智惠子》《和千鸟嬉戏的智惠子》等堪称爱情绝唱的诗作,又完成了以大象、斗篷狒狒、鲸等动物为题材的诗集《猛兽篇》。

这段时间,智惠子的病情还在不断恶化,进入昭和十三年(1938年)的夏天,她的身体急剧衰弱。十月五日,在光太郎的照料下,她走完了五十二年的人生。

可以说,智惠子终其一生都对光太郎这位伟大的艺术家满怀敬意,为他所深爱,自己也深爱着他。然而,自身原有的才华不仅没能展现,反而不断减退。她在对爱情的喜悦和对自身才华的绝望这两种情感之间备受煎熬、痛苦不已,最终发狂而死。

失去爱人的光太郎,后来把回忆和哀悼智惠子的诗作结集为《智惠子抄》出版。时值战争最惨烈的阶段,这本书超越国家以及意识形态之争,体现出光太郎对一位女人的爱情是如此热忱,且充满人性的光辉,激励着前途未卜、在残酷战争中艰难度日的人们。至昭和十九年(1944年),这本书重印十三次,成为畅销书。

第二次世界大战结束后,光太郎整理智惠子的折纸作品,在故乡山形、盛冈、东京等地举办折纸展。昭和二十二年(1947年),他又增补新诗两首,再版《智惠子抄》。昭和二十五年(1950年),他再次出版诗集《典型》和《智惠子抄以后》等作品,受到众多读者的欢迎。

昭和二十六年(1951年),《高村光太郎选集》全六卷开始出版发行。这时,光太郎的身体状况开始恶化,曾经得过的肺结核不断侵蚀他衰老的身体。

第二年,光太郎六十九岁时,青森县请他在十和田国立公园设立纪念碑,光太郎决意雕刻智惠子的裸体像。这时,光太郎以诗抒怀:"将智惠子的裸体留在人世间,不久,我也将回归天然的质朴之中。"他随身携带观世音菩萨的手模,以鞭策年迈的自己刻苦创作。

在他的努力下,第二年十月,智惠子像在湖畔的休屋御前浜完成并揭幕。

或许雕刻智惠子像令光太郎耗尽心力了吧。此后,他的病情急剧恶化。昭和三十年(1955年),在出版《高村光太郎诗集》之后,他开始了疗养生活。昭和三十一年(1956年)四月,他与世长辞,享年七十三岁。

他的骨灰被埋葬在东京驹込染井的高村家族墓地,和智惠子合葬在了一起。

现在阅读两人之间留存的唯一一封情书时,仿佛它已预言光太郎将是一位才华横溢的诗人,同时也预言了智惠子的命运——与这样的诗人相处,才华将被埋没。

自不待言,情书一边向自己的恋人倾诉爱意,一边又预示着未来。

最后,介绍一下两人婚前,光太郎因智惠子可能离去而心绪不宁之时创作的一首诗——《赠人》的开头部分。

你的话语
我不喜欢——

在鲜花绽放前结子
在种子生长前萌芽
夏季过后春季骤至
请不要那样做
不合情理 有违自然
中规中矩的丈夫
字迹圆润的你
每每想起,我不禁泪下
宛如小鸟般怯懦
宛如大风般任性
你竟要做新嫁娘

光太郎致智惠子的信

智惠子：

我看到了本月二十六日的明信片。刚才我给你写了信，现在又在写。

请你不要那么担心我。

如果你能早一些回来，我当然高兴。不过，如果你不顾有事在身，勉强回来，反而会让我心生歉意。我确实是以一种平静的心情在远方想念你，所以，请你把该做的事情安心做完，直到你即使真的回来也不会留有遗憾之时，你再回来吧。我想，你所说的有些事情大概是关于绘画吧。

这次应该让我欣赏你的画作吧。你在绘制一幅大画吗？在寒冷的地方，画干透也更慢些吧。

你说被各种事情牵绊，将晚些回来。那么，这段时间，你的身体没有什么不适吧？此前的信中你说生病了，所以，不知为什么，我总是感到担忧。

昨晚我做了一个噩梦，我可以写出来吧？就当写出来没事好了。那就是你成了一个杀人犯，你被许多人架到高台上，他们要在蓝天下把你烧死。不过，因为没有火，他们说要用冰杀死你。你被架到那个高台上，你的衣服全被脱光了，即便如此，不知为什么，你好像还在微笑。

你的那种身姿太美了，美得无与伦比，我一直凝视着。不久，不知从哪里流出的鲜血，流过你的乳房。就在我吃惊地凝视时，你伸出手来，倚在树枝上，宛如石像一般死了。后来好像还有搏斗，我记不清了。就这样，我两次梦见你死了。

三四天前的夜晚，我做了一个梦，梦见我是你，你是我。我觉得有一件事让我第一次真正理解女人的心理。作为你的我，体会到一种迄今从未有过的感觉。那个梦很长，不过，我甚至连衣服的花纹都记得清清楚楚。我现在告诉你吧。

那时，我是女人，你是男人，我让你给我买了一顶帽子（当时你穿的是西装，这事发生在西方），那是用鸵鸟羽毛做的形状非常美丽的黑色大帽子。我那时的喜悦，无法用任何语言来形容。我想，那种喜悦，如果不是女人是感受不到的吧。

因为我太高兴了，所以突然抱住你（你在西装外面穿着一件奇怪的外套）、亲吻你，结果你生气了。不过，你叼着雪茄又立刻笑了。

后来的事很有趣。我期待着告诉你那些事。

东京寒气逼人。

三十号，我想去一下小田原，去画柑橘田。如果在我外出时，你正好返回东京，那你就先好好休息。请保重身体。

光
二十八日夕

与谢野晶子致与谢野铁干的信

——数次意欲去死,却总在最后一刻想起我的恋人

与谢野晶子

歌人。明治十一年（1878年）生于堺市一日式糕点商之家。十六岁时在《文艺俱乐部》上发表短歌，参加关西青年文学会。明治三十四年（1901年）进京，出版和歌集《乱发》。此后，继续出版和歌集，并活跃在小说、童话等多个领域。昭和十七年（1942年）去世，享年六十三岁。

与谢野铁干

歌人。明治六年（1873年）生于京都，父亲是寺院住持。十九岁进京。此后，热衷于短歌，于明治三十三年（1900年）创办杂志《明星》。在指导后进的同时，出版诗歌集、歌论集。大正八年（1919年）至昭和七年（1932年），任庆应义塾大学教授。昭和十年（1935年）去世，享年六十二岁。

两人恋情简介

两人在邂逅之前,都读过对方的和歌,可以说是互相欣赏仰慕。明治三十三年(1900年),晶子见到来关西演讲的铁干,对他愈益倾心。铁干身边虽有情妇和向他示好的女歌人,但仍与晶子立下婚约。第二年,晶子不请自来,和铁干同居,两人随后结婚。

自上月末开始,我实感悲伤彷徨,苦痛不已。山中温泉散发清香,白梅含苞吐蕊。君是否彷徨:彼事难为?

我常怀悲伤之情,深感羞愧难当,然望君宽宥。前之飞鸿,尽瞒此事;隐瞒此心情,令我痛苦难支。

作为人之子的我,徒有星之子之名,这如何是好?白百合之君已前往神户,请恕我只想自己。

思绪良多。我本意已决,然其时一过,仍难抑心绪。唯愿君今生今世,忆及这个少女舍命之事,则君与尊夫人依然可共度此生。给那位父亲大人致信吧。想必此举至少能减轻我加君之罪。

数次意欲去死,却总在最后一刻想起我的恋人。看来,赴死并非易事,然我每晚皆生此念。

寄和歌时,请不要把往事吟为和歌。这种烦恼,该如何是好呢?君言:这一两月,暂且欢欣度日。这般彷徨诉于君听,实令我痛苦。君当知我,天生敏感,亦胆小怯懦。羞愧不已。

上面的信是明治三十四年（1901年）二月二日，明治至昭和年间风靡一世的女歌人与谢野晶子写给后来成为她丈夫的铁干的情书的一部分。

晶子这时二十二岁。信的全文用"候文"（日语文言文）写成。由此可见，她虽年纪轻轻，却学问高深、性情高傲。

晶子生于明治十一年（1878年），是大阪府堺市一家老牌日式糕点店——骏河屋掌柜的第三个女儿。父亲是当地的名人，曾任市议会议员，和第一任妻子生育一男二女，和第二任妻子生育一女，即晶子。

骏河屋在横贯堺市的东西大道中心地带，是一家日式糕点店，里面的羊羹大受欢迎。晶子的父亲宗七爱好学问，在晶子一上小学时，就让她同时上汉学私塾，学习《论语》《长恨歌》等。

小学毕业后，晶子进入堺市女校。与当时的裁缝等主要科目相比，她更喜好文学。在父亲的藏书中，从《荣华物语》《源氏物语》《枕草子》《古今和歌集》等古典作品，到樋口一叶、幸田露伴、森鸥外等作家的现代小说，还有一些翻译小说，她都有涉猎。

见到此番情景，父亲宗七感慨道："如果你是男孩，就让你当学者。"十六岁时，晶子投稿的短歌被刊登在《文艺俱乐部》上，以此为契机，她加入"堺市敷岛短歌会"。二十岁时，当上关西青年文学会的机关杂志《善恶草》的编辑。

这段时间，晶子爱上了住在附近的僧侣铁南，从他那里得知与谢野铁干主办了一份和歌杂志——《明星》①。

在晶子的初期代表作中,有一首吟咏铁南的和歌:"柔嫩的肌肤,奔流的热血,你不为所动,唯谈经论道,难道不孤寂?"

后来,晶子向《明星》投稿,和歌被采用,并且她收到杂志主办者铁干寄来的一封信,随信附有一首和歌:"玉容未曾睹,芳名动思绪。晶子佳人处,遥赠一短歌。"她还见到了来大阪做演讲的铁干本人,感情的天平立刻倒向铁干。

铁干生于明治六年(1873年),比晶子大五岁。父亲是京都冈崎愿成寺的住持,除此之外,还从事其他事业,但均以失败告终,在朋友的帮助下,辗转全国各地。

由于父亲的关系,铁干在鹿儿岛度过了小学时代。后来返回京都,十四岁时在长兄的帮助下前往冈山。两年后,年仅十六岁的铁干凭借深厚的汉学素养,当上了和次兄有关的山口县德山白莲女校的国语教师,后来和他生下孩子的浅田信子、成为他妻子的林泷野,都是他在这所女校教过的学生。

但铁干不甘心就此埋没于德山,他在十九岁时进京,结识大町桂月(歌人)、森鸥外等人,又雄心勃勃地奔赴朝鲜。此后,数次往来朝鲜,梦想成就一番一攫千金的大事业,最终却以失败告终,不得不放弃。以上事例清楚地表明,铁干和他父亲的性格一样,都野心勃勃,不安心于一份工作。

---

①《明星》:明治三十三年(1900年)创刊。主张浪漫主义,为短歌的革新做出贡献,在近代文学史上功绩卓越。于明治四十一年(1908年)第一百期停刊。此后,虽两度复刊,但已不复初期的影响。

此后，铁干听从和歌老师落合直文的劝告，终于静下心来致力于短歌的创作。二十三岁时，出版发行第一部诗歌集《东西南北》。

这时，铁干的诗大多是以慷慨激昂的语调吟咏男人的豪迈气概。铁干反对当时陈陈相因的宫廷风格的短歌，专心创作浅显易懂、反映现实主义的短歌，作为新派歌人逐渐受到关注。

三年后，二十六岁的铁干在落合直文的帮助下，创立"东京新诗社"，成为《明星》杂志的主办者。

在私生活方面，在此期间，铁干和此前在德山结识的浅田信子有了一个孩子，但孩子一出生就夭折，为此他们分手了。后来，他和以前教过的学生林泷野开始同居，条件是铁干要做她家的养子。

铁干和晶子见面是在此后不久，铁干为扩大新诗社的影响而来到大阪之时。晶子见到铁干的第一眼，就被他高大的身材、冷峻的气质所折服，并对他针对以往安于现状的和歌界的尖锐批评深有同感，立刻成了爱情的俘虏。

可是，此时铁干身边不仅已有妻子，而且山川登美子、增田雅子等美貌的女歌人也常伴其左右。

铁干用花来命名围绕在他身边的女人们，称妻子泷野为"白芙蓉之君"，登美子为"白百合之君"，雅子为"白梅之君"，晶子为"白萩之君"。

后来，铁干再次来到关西，和登美子、晶子三人在京都粟田山的一家旅馆里度过一夜。当然，两个女人都认为铁干爱的是自己，在旅馆中依然持续着三角关系。

晶子年长登美子一岁。二人就餐时，针锋相对，各自吟咏抒发炽热恋情的短歌,想要一争高下。

当晚,晶子与登美子同宿一室,铁干一人在隔壁房间休息。第二天清晨,晶子却趁登美子还在熟睡之机,从庭院偷偷潜入铁干的房间,照顾铁干起床,还把自己和服上的红色细腰带系在铁干的浴衣上。

看到此番情景,登美子备受打击。第二天,她下定决心离开二人,与早已商议的、父亲看中的一名外交官结婚。

登美子家原是若狭小滨藩的重臣之家。进入明治时代,父亲担任银行行长的要职,登美子可谓名门闺秀。与她相比,晶子虽在容貌上稍逊一筹,却继承了堺町人的血统,激情似火、积极主动,这让登美子不敌而退。

此时,铁干心系的是容颜秀美、拘谨缄默又家境优渥的登美子。不过,他既有妻子,自然不能挽留即将出嫁的女人。

临别之际,登美子吟咏一首短歌:"大红的花儿,含蓄委婉地,尽让于友人,转身珠泪落,玉手摘萱草。"其中"大红的花儿"指的是铁干,"尽让于友人"中的友人指的是晶子。

又过了一个月,铁干再度来到关西,这次只有他和晶子两人,他们再次在粟田山的旅馆中住宿数日。自上次住宿后,登美子已经离去,晶子毫无顾忌地偎依在铁干的怀中,沉醉在欢庆爱情胜利的美酒之中,吟咏一首和歌:"春日何其短。不朽之生命,存在于何方。让他触碰我,丰满的乳房。"

晶子确实沉浸在无比的幸福之中,然而,这种幸福转瞬即逝。当和铁干告别,一人独处时,她意识到铁干已有妻室,自己所作所为是所谓"伤风败俗"。

在传统道德观念根深蒂固的明治时代,晶子又一次因自己犯下的滔天大罪而惊慌失措。爱情越是得不到允许,感情越是日益加深,心情越是痛苦烦闷。

开头的情书正写于这种情形之下。

悲喜交加

晶子的这封信是用黑笔写在信纸上的,字体纤细松散,像一根丝线一样不断延伸。如果字迹可以反映出一个人的性格,那与其说晶子一丝不苟,不如说她自由变通、心胸开阔。

从信的内容来看,第一句的"上月末"袒露心扉,自上个月末两人共度良宵之后,自己一直对他满怀思念之情。

然后,"怀悲伤之情""深感羞愧难当"表达了晶子的倾诉:铁干已有妻子,她为自己因被铁干拥抱就热情如火而感到悲伤、羞愧,自己先前的信没有提到这些,那反而使自己深感痛苦。

信中所述"星之子",指的是当时铁干倡导的"歌人是星之子一说"。铁干认为,艺术家本是来自星星世界的特殊的人,因此,在现实世界中,即使道德败坏或伤风败俗,只要能够如实地表现,反映这个事实,就应该被原谅。《明星》这一杂志的名称也由此而来。

这一理论对晶子和登美子等在传统家庭中成长的女性极具说服力,可以说,正因为她们相信,所以才毫无保留地吐露她们的心声,后来的《乱发》等有名的和歌也不断出现。

身为星之子的想法和身为人之子的现实令晶子痛苦纠结，不过她还是在信中写道："白百合之君已前往神户，请恕我只想自己。"但现在晶子已没有情敌，正因为这样，他们两人才难以忘怀在粟田山的旅馆中共度的良宵。

你，
粟田之春的，
二夜妻子啊，
今生永不忘。

从这首和歌可知，这时铁干暗示将与晶子结婚，为此，晶子陷入疯狂的热恋之中。

然而，清醒之后，晶子深感恐惧，原来自己的想法大错特错。

既然如此痛苦，不如索性分手，晶子想从仿佛是铁干两个妻子之一的处境中摆脱出来。

她意志坚定地说："总之，只要你今生铭记那一夜就可以了。"

此时，铁干确实有几个问题尚未解决。

"给那位父亲大人致信吧"这句话中的父亲指的是铁干之妻——林泷野之父。此人是山口县德山的大富豪，铁干看中的是他的资产，他为《明星》的发行提供了大量资金。

林泷野之父，即铁干的养父，对铁干的这种做法有些不快：铁干与泷野的婚姻是以铁干做他家的养子为条件才确定下来的，不过现在铁干还不愿兑现承诺。

养父对这种状况早已不耐烦,他态度强硬地要求女儿泷野:和这种能说会道、游手好闲的人坚决断绝关系,回到娘家。

铁干向晶子坦陈这些事情,痛苦地说:"我确实想和你结婚,不过如果这样做,我将失去养父的资助,杂志将难以为继。"

所以,晶子在信中表明想法:我先去死,那样,你依然可以和夫人共同生活。给你的养父写封信吧。

纯情的晶子被逼到如此境地,铁干责任重大。恰在此时,有人企图污蔑铁干,议论铁干男女关系的印刷品《文坛照妖镜》[①]广为流传,铁干正竭尽全力消除它带来的影响。

爱上正处于舆论旋涡中的铁干,晶子已不能全身而退。

她在信中写道:"数次意欲去死,却总在最后一刻想起我的恋人。"晶子哀叹道:"几次三番想索性一死了之,不过虽然这样说,在最后的时刻,对恋人依然一往情深,死果然不易做到。"

"寄和歌时",请不要把往事吟咏为短歌。铁干劝告晶子"这一两月,暂且欢欣度日",再冷静考虑一下。晶子却和铁干闹别扭,说她绝对做不到这一点,因为铁干应该最清楚,她既神经质又胆小。

从表面来看,这封用候文(日语文言文)写成的情书仿佛有些装腔作势。不过,信却将陷入热恋中的女子的喜怒哀乐暴露无遗,有一种打动人心的力量。

[①]《文坛照妖镜》:明治三十四年(1901年)三月,出现了诽谤铁干的匿名文书《文坛照妖镜》。铁干认为这事与《明星》的竞争对手《新声》杂志有关而起诉,后因证据不足败诉。

同时晶子叫嚷"如果这样下去,我就去死,你索性回到夫人身边",虽然这在一定程度上表现出她对铁干的理解,但也可以说,晶子是在促使犹豫不决的铁干痛下决断。

逆转的晚年

此后,历经几番迂回曲折,当年夏天,晶子终于只身进京,趁铁干之妻林泷野回娘家之机,冲入铁干在涩谷的家,就在他家住下了。

　　疯狂的女人,
　　自伸展细翼,
　　一百三十里,
　　匆忙的旅行。

这是晶子进京之时吟咏的短歌。晶子的确是一个疯狂的女人,闯进铁干的家中,主动上门要做铁干的妻子。

面对这种情景,从娘家回来的泷野下定决心和铁干分手,她带着一个还在吃奶的孩子,从东京站悄然离去。

如愿成为铁干妻子的晶子,开始狂热地创作和歌,《乱发》的出版使她一举成名。此后,她又陆续发表《小扇》《毒草》《你不要死去》《恋衣》等作品,一跃成为和歌界的宠儿。

在积极创作的同时,晶子生下五男六女。

从明治、大正到昭和,在此期间,晶子不仅创作和歌,还涉足随笔和小说,在文学史上留下了浓墨重彩的一笔。与此形成鲜明对照的是,铁干则在文坛销声匿迹,逐渐被人们遗忘。

晚年,凡是往与谢野家打电话找"先生"的,全是找晶子的,客人也全是来拜访晶子的,几乎无人拜访铁干。据说,铁干非常无奈,只好带着孙子到附近的公园去看蚂蚁。

曾经毅然挑战既有和歌界的铁干,对他一往情深、不顾一切主动追求他的晶子,到了晚年,丈夫和妻子的地位完全逆转,铁干如同一片被雨淋湿的落叶。不过,两人一直相伴终老,铁干于昭和十年(1935年)六十二岁时辞世,晶子于昭和十七年(1942年)六十三岁时辞世。

虽然曾面对种种艰难困苦,两人却始终心手相连,这是因为他们在内心深处互相敬慕对方。铁干高度评价晶子,赞誉她是天生的歌人;晶子则欣赏铁干才华横溢,称他是一位睿智的评论家。

总之,晶子虽然曾经因为自己和铁干的恋情而愁肠百结,却坚持不懈、不屈不挠、始终如一,这些在她早期的情书中体现得淋漓尽致。这又一次让我们意识到:情书是反映个人性格特点和人生态度的一面镜子。

晶子致铁干的信

自上月末开始,我实感悲伤彷徨,苦痛不已。山中温泉散发清香,白梅含苞吐蕊。君是否彷徨:彼事难为?

我常怀悲伤之情,深感羞愧难当,然望君宽宥。前之飞鸿,尽瞒此事;隐瞒此心情,令我痛苦难支。

作为人之子的我,徒有星之子之名,这如何是好?白百合之君已前往神户,请恕我只想自己。

思绪良多。我本意已决,然其时一过,仍难抑心绪。唯愿君今生今世,忆及这个少女舍命之事,则君与尊夫人依然可共度此生。给那位父亲大人致信吧。想必此举至少能减轻我加君之罪。

数次意欲去死,却总在最后一刻想起我的恋人。看来,赴死并非易事,然我每晚皆生此念。

寄和歌时,请不要把往事吟为和歌。这种烦恼,该如何是好呢?君言:这一两月,暂且欢欣度日。这般彷徨诉于君听,实令我痛苦。君当知我,天生敏感,亦胆小怯懦。羞愧不已。

芥川龙之介致塚本文的信

——我想和你结婚,只有一个理由,就是我喜欢你

芥川龙之介

作家。明治二十五年（1892年）生于东京，因母亲精神错乱而在母亲的娘家长大成人。自幼天性敏感，博览群书。就读于东京帝国大学期间，发表《鼻子》，一举成名。因感受到在《寄给某位老友的手记》中所述的"茫然的不安"，于昭和二年（1927年）自杀，享年三十五岁。

塚本文

明治三十三年（1900年）出生。父亲是海军军人，在日俄战争中战死。和弟弟在母亲的娘家长大成人。就读于迹见女子学园期间，与芥川龙之介结婚，后生下比吕志、多加志、也寸志三子。昭和四十三年（1968年）因心脏病过世，享年六十八岁。

两人恋情简介

龙之介十五岁时,去同学山本喜誉司家拜访,邂逅了住在山本家里的七岁的文。当时他对文并没有特别的感觉,八年后再次见面时,却被美丽动人的文深深吸引,在第二年向她求婚。又过了两年,与她结婚。但因龙之介自杀,两人的婚姻生活于第十年结束。

小文:

  我还在这个海边生活,有时读书,有时写作。至于何时回家,我还不清楚。不过,一想到回家之后没有机会给你写信了,我就按捺不住兴奋之情,要给你写一封长信。(中略)

  从我对你兄长说,我想和你结婚,到现在有几年了?(不知道把这件事写在给你的信中是否合适)我想和你结婚,只有一个理由,就是我喜欢你。当然,以前就喜欢,现在依然喜欢。除此之外,别无其他理由。(中略)

  一宫秋意正浓。木槿树叶泛黄枯萎,砂钻苔草的花穗染为深棕。触景生情,我顿感无依无靠。我在此处期间,如果你有闲暇和心思写信的话,请再写一封吧。如果有闲暇和心思的话……不写也不要紧,不过,如果你写信来,我会很高兴的。

  就此搁笔,请向各位问好。

芥川龙之介

追求传统女子为妻

从最后的署名可知,这封信是芥川龙之介在二十四岁时写给未婚妻(后来成为他妻子)塚本文的。

日期是大正五年(1916年)八月二十五日,当时,二十四岁的芥川住在千叶县一宫町海边的一家旅馆里。

收信人小文十六岁,比芥川小八岁,就读于迹见女子学园,是一名可爱的女学生。

两人相识很早,大约始于九年前的明治四十年(1907年)。

当时,芥川就读于府立三中,他去同级生山本喜誉司家拜访时,结识了和母亲一起住在那里的文。这是他们的第一次见面。

想必很多人了解芥川的经历吧。明治二十五年(1892年)三月一日,芥川生于京桥区入船町,父亲是牧场主。因为出生之年是辰年,时刻是辰月辰日辰时,所以得名龙之介。但当时,父亲新原敏三四十二岁,母亲三十三岁,都适逢厄运之年,依照传统的迷信观念,孩子在形式上要被丢弃。而在龙之介出生后的第八个月,悲剧又不幸降临,他的母亲突然精神错乱。

因此,龙之介被交给母亲的兄长芥川道章,由在那里共同生活的母亲的姐姐养育。不可否认,人生经历中这些接踵而来的不幸,在芥川后来的精神发育过程中留下了阴影。

龙之介从十岁左右开始专心读书,几乎每天都去附近的图书馆。从马琴、近松等人的江户文学作品,到泉镜花、德富芦花、尾崎红叶等人的近代文学作品,他广泛涉猎各种书籍。上小学时,龙之介和同级的校友创办了一份传阅杂志《日出界》,还学习了英语和汉学。

在龙之介十岁时,母亲去世。第二年,他作为养子入籍芥川家,此后姓芥川。

大约十三岁时,龙之介结束在江东小学高等科的学习,升入东京府立第三中学,在此结识了山本喜誉司。比他高出两级的同学中,有西川英次郎、久保田万太郎等人。

五年后,龙之介从府立三中毕业,升入第一高等学校第一部乙类。同级生中,有菊池宽、久米正雄、松冈让、山本有三等人。后来,他考入东京帝国大学英文专业,在这里和上述同伴们创刊第三次《新思潮》,并且,他还发表了处女作小说《老年》。

大正四年(1915年),龙之介二十三岁时,在《帝国文学》上发表《罗生门》,还出席夏目漱石主办的"周四会",成为漱石的门生。

另一位主人公塚本文比龙之介小八岁,生于明治三十三年(1900年)。父亲善五郎是飞驒高山的士族,明治维新后成为海军军人,一家人迁居东京,曾有一段时间住在芥川家附近。

开头的这封信写于大正五年(1916年),这一年正月,芥川和文在和歌竞技会等场合日渐亲近,芥川家人也拜访塚本家,对文印象很好。

这一时期,芥川和上述同伴们创刊第四次《新思潮》,他在上面发表《鼻子》,得到漱石的大加赞赏。七月,芥川从东京帝国大学毕业后,又在《新小说》上发表《山药粥》,在《中央公论》上发表《手帕》,作为大有前途的新锐作家,受到文坛的关注。

但是,在芥川写给文的信中,却无处寻觅他的意气风发,文字也不晦涩难懂。为了让年轻的文能够理解,他还特意多用日语中的平假名,坦率朴实地写作。

下文是这一年年终,在田端的芥川寄给文的一封信。

小文:

这一段时间我没有见到你,个头又长高了吧?胖些了吧?你要好好地长身体啊,不要想着减肥什么的。纵然你的身体长高,你的心境也要永远像个孩子一样。请保持一颗纯真善良的心,不要像世上的人一样,不要当一个小机灵。(中略)

(前略)不打扮、不修饰,自然、正直生活的人是最上等的人。无论何时,都不能装模作样。(后略)

正如这封信中提到的,保存下来的照片中,文长着一张圆脸,胖乎乎的,讨人喜欢。从外表看,文给人一种沉稳的感觉,不像当时那种自我意识很强又能付诸行动的时尚女性。

下文是第二年(大正六年,即 1917 年)五月末,在镰仓租房居住的芥川致文的一封信。

(前缺)我每日忙碌。今天去了鹄沼的和辻[①]先生家。他的家在松林之中,房子东侧是书斋,悬挂着蒙娜丽莎的大幅画

---

① 辻:日本汉字。

像,和辻先生正在大幅画像下学习。他的夫人和一个可爱的女孩也在,大家看上去都很愉快。不知为什么,我羡慕那种安静的家庭。我想,如果有安稳的家庭,我也能学习吧。总之,这种寄宿生活不是太有趣。

你即使不懂文学,也没什么关系。一个叫斯特林堡的奇人也说过:"女人在做针线活和照顾孩子时是最美的。"我也这样认为。(后略)

读到此处,可以大致推测出芥川向文所描绘的婚姻生活。尤其他还引用斯特林堡的一句话"女人在做针线活和照顾孩子时是最美的",这对现代女性而言,可能不易接受。不!就算对当时的女性来说,也一定有人反对芥川的这种想法。

那么,文是如何看待有这种想法的芥川的呢?

我们现在无从得知,总之,文接受了芥川的求爱,和他结婚了。

丰富多彩的男女关系

大正七年(1918年)二月,芥川与文在田端的自家住宅(自笑轩)举行结婚仪式,把新居定在镰仓大町字辻小山里的一所住宅,开始新婚生活。此时,芥川二十五岁,文十七岁,仍就读于迹见女子学园。

结婚的同时,芥川为谋取生活的安定,和大阪每日新闻社签下"社友契约",从五月开始连载《地狱变》。七月,又在《赤鸟》上发表《蜘蛛丝》，在春阳堂出版《鼻子》，步入文坛三年后，芥川成为文坛的宠儿。

文在背后支持芥川的工作，两年后为其生下长子比吕志，又过了两年，生下次子多加志，又过了三年，生下三子也寸志，至少从表面上看，家庭是和睦的。

然而，暗地里却存在各种各样的问题。

首先，是芥川与女人的关系。仅现在已知的女人就有数位，正如信中所述，关系并不单纯。

第一个女人是吉村千代。芥川虽幼时就离开亲生父母新原家，但后来偶尔也会回去。他对家中的女佣吉村千代心怀爱慕之情，二十二岁时，曾寄给她一封信，倾诉衷肠。

这种恋情或许类似于因幼年丧母而萌发的恋母情结。

后来，芥川又爱上通过生父的工作关系而结识的吉田弥生，他报告养父母，要和她结婚。弥生和芥川同岁，在青山女学院英文专业学习，是一位爱好美术和文学的才女。不过，因为弥生家非士族出身，而弥生又是父母婚前生下的私生女，所以，养父母反对这门婚事，他们就没能结婚。

弥生所代表的才女类型，和后来芥川给文的信中表达的他对女性的好恶，略显矛盾。这是芥川对被迫和弥生分手一事做出的反抗吧。总之，爱情的挫折加深了芥川对文的爱慕之情，这是确切无疑的。

然后，大正五年（1916年），芥川一面向文寄出热情奔放的情书，一面又和镰仓"小町园"旅馆的女老板野野口丰子频繁幽会。

丰子是有夫之妇,因为经营旅馆,所以做事干练、头脑聪明,又是一位美艳多姿的京都美女。芥川婚后也常去小町园,后来还和她商议自杀的事,两人的交往一直持续到芥川去世。

这个女人不是所谓古典端庄的女人,芥川虽然这样要求妻子,在外面却对别的类型的女人动心。

还有一个女人是芥川结婚第二年结识的、比他年长两岁的秀茂子[①]。她从日本女子大学毕业后结婚生子,是《潮音》旗下的歌人,也是位社交家,所以会出现在文坛活动中和剧场里,还喜欢结交名人。芥川一见到秀茂子,就立刻对她神魂颠倒,为她起名"愁人"。两人关系亲密,不过,芥川很快就对她的蛮横无计可施,甚至为此逃到中国。还有传言说,秀茂子生的孩子是芥川的。

在芥川后来的作品《傻子的一生》和《齿轮》中出现的"狂人的女儿",还有芥川在遗书中所写的"我深深地后悔,出现了不利于我生存的因素",指的都是秀茂子。甚至有意见认为,这也是芥川的死因之一。

这位秀茂子和芥川的妻子文也不是一个类型,而芥川却轻易地迷上这种惹人注目的知识女性,不得不说,他对女性的要求非常宽松。

大正九年(1920年),女大学生森幸枝寄给芥川一封信,提出想见他。芥川立刻回信表示同意,便在家中和她见面。此后,两人

---

① 秀茂子:生于明治二十三年(1890年),歌人。大学毕业后,与帝国剧场的电力技师结婚,育有一子。她于大正十年(1921年)生下的儿子被说和龙之介相像,这件事使龙之介受到良心的谴责。

开始交往。这个女孩想成为一名小说家,她眉目清秀、姿容秀美。芥川时常赠给她簪子、博多玩偶、糕点,常和她在外秘密见面。

几乎与此同时,芥川以写小说需要了解女人如何写信和女人的发型等为理由,接近平松麻素子。借此机会,两人持续交往,直至芥川临死之前。而且芥川还约她去帝国旅馆殉情,因事前被她的友人觉察而未遂。

最后还有一个女人,名叫片山广子①,笔名为松村峰子。片山广子创作了和歌《心花》,同时还以爱尔兰戏曲翻译家而闻名。她比芥川年长十四岁,两人相识时,她已四十六岁。她是日本银行理事片山贞次郎的妻子,与丈夫育有一儿一女。大正九年(1920年),她的丈夫去世后,与芥川关系亲密。

芥川赞赏她的才华,把她比作"湿婆女王",给她寄去《越人》《相闻》等抒情的和歌。

从他和这几个女人的关系来看,好像这和坊间流传的阴沉忧郁的芥川形象大相径庭。

从表面上看,芥川确实给人一种翩翩贵公子的形象,是文坛的宠儿。可无法否认的是,他对女人相当感兴趣,喜欢女人。

事实上,后来和有岛武郎殉情的美女记者波多野秋子去芥川家向他约稿的时候,时任《妇人公论》总编的泷田樗阴曾提醒她:"芥川喜欢女人,你可要小心啊。"这更让人感觉很真实而并不

---

① 片山广子:生于明治九年(1876年),歌人,笔名为松村峰子。丈夫是日本银行理事,于大正九年(1920年)去世。在致友人的信中,龙之介如此描述他和广子的邂逅:"如同再次回到二十五岁般兴奋。"

夸张。

迄今还没有文章从正面探讨过芥川为什么如此喜欢女人。现在简单提一下，根源应该是：首先，芥川是男人，还是一个好奇心极强烈的作家；其次，芥川因幼年丧母缺乏母爱而满怀对母爱的渴望、对女性的憧憬；再次，小说创作停滞不前，芥川对自身才华心怀忧虑，对人生本身产生怀疑。也可以说，是这些因素互相交织，促使他接近女人，以获得一时的安逸。

无论如何，有一点是确凿无疑的：表面上看，作为知识精英的芥川给人一种蔑视情欲的感觉，实际上，他却沉溺其中。

这种情况下，只有一个人——芥川的妻子文，默默注视着和在外神情不同、孤高寂寞、总给人一种冷漠感觉的芥川。

后来，芥川的三子也寸志先生在关于母亲文的文章中有如下一段话，可以当作佐证。

父亲的生活似乎每天都一样，早晨九时左右就餐后，就待在二楼的书斋，下午也一直在书斋里度过。他不饮酒，对饭菜也不挑剔。就餐时手不释卷，既不大声发笑、发火，也不喜欢和孩子、老人开玩笑。

总之，父亲的日常生活和家人几乎毫无交集。即使母亲往书斋送茶、在冬天时端火，也会立刻回到楼下。夫妇二人一起轻松休息、亲切交谈的时候一定很少。

对此，文自己诉说："我们的婚姻生活仅有十年，为期短暂。不过,在此期间,我完全信任芥川。这种信任感支撑我度过芥川亡故后的岁月。"

芥川三十五岁时因严重的神经衰弱自杀。芥川死后,文又活了四十余年,六十八岁时因心脏病去世。

文的一生总是克制而稳重。无疑,文特意表现出来的不愿知道丈夫所作所为的人生态度,在某种意义上,是她能够平稳安宁度过一生的重要原因。

尤其对于可能让自己不开心的事,她既不想看见,也不愿知道。这或许也是一种在人世生存的智慧。

龙之介致文的信

小文：

  我还在这个海边生活，有时读书，有时写作。至于何时回家，我还不清楚。不过，一想到回家之后没有机会给你写信了，我就按捺不住兴奋之情，要给你写一封长信。白天我工作、游泳，所以会忘记你。黄昏和夜晚，我思念东京，我想早点儿走在灯火辉煌、热闹喧嚣的街道上。但是，我所说的思念东京，不只是思念东京这座城市，也思念在东京的人。每当这时，我常想起你。从我对你兄长说，我想和你结婚，到现在有几年了？（不知道把这件事写在给你的信中是否合适）我想和你结婚，只有一个理由，就是我喜欢你。当然，以前就喜欢，现在依然喜欢。除此之外，别无其他理由。我这个人和其他人不一样，无法把结婚这种事和获得生活上的各种便利考虑在一起。所以，就是出于这个理由，我对你的兄长说："如果小文能嫁给我，我想娶她。"我还说，嫁还是不嫁，必须由小文你自己来决定。

  我现在的心情，还是和告诉你兄长时一样。无论别人如何嘲笑我的想法，都无关紧要。现在的人们通过敷衍了事的相亲和敷衍了事的身份调查，随便就结婚了。这我做不到。我做不到这一点，是因为和他们相比，我自视甚高，我比他们高等得多。

  总之，我们结婚还是不结婚，完全取决于你。当然，就我而言，特别希望你同意。但是，如果我影响了你的想法，哪怕是一丝一毫，那我不仅对不起你本人，也对不起你的母亲和兄长。因此，小文，你必须完全自由地自己决定。如果万一出现让你后悔的事情，那很痛苦。

我从事的职业在当今的日本是最不赚钱的，而且，我本人也没多少钱。所以，从生活水平来说，未来也可想而知。我的身体、头脑又不太出色（尽管对头脑还有一些自信）。家中有父亲、母亲和姨妈三位老人。如果你觉得可以，请嫁给我吧。

我想从你口中听到坦率的答复。我反反复复地写，理由还是只有一个，那就是我喜欢你，小文。如果你觉得可以，请嫁给我吧。

这封信，让别人看还是不让别人看，是小文你的自由。

一宫秋意正浓。木槿树叶泛黄枯萎，砂钻苔草的花穗染为深棕。触景生情，我顿感无依无靠。我在此处期间，如果你有闲暇和心思写信的话，请再写一封吧。如果有闲暇和心思的话……不写也不要紧，不过，如果你写信来，我会很高兴的。

就此搁笔，请向各位问好。

芥川龙之介

伊藤野枝致大杉荣的信

——倘若离开你,我所有的一切,无论何物,无论何事,都无法想象

伊藤野枝

妇女运动家。明治二十八年（1895年）生于福冈县。由于父亲不善经商，她历经艰辛长大成人。从上野女校毕业后，在家乡结婚，后又离家出走，与母校的英语教师辻润同居。编辑机关杂志《青鞜》，后主持该刊物。与大杉荣结为情侣，作为无政府主义者而笔耕不辍。大正十二年（1923年）去世。

大杉荣

社会活动家。明治十八年（1885年）生于香川县的一个军人家庭。幼年有志从军，却遭受到挫折。十八岁时进入东京外国语学校学习，自此开始参加社会运动。虽数次被捕、入狱和遭遇镇压，依然坚持写作、开展社会运动，甚至到海外开展活动。大正十二年（1923年）去世。

两人恋情简介

野枝和辻润①同居后,生下二子。大杉和堀保子②结婚,又和神近市子有关系。野枝和大杉互相吸引是因为最初对对方的思想高度认同,后来发展为爱情。大杉荣和身边的三个女人形成了四角关系。最终,大杉荣与野枝在一起,生下五子。可惜两人惨遭杀害,未得善终。

野狐:

(前略)在昨天的信里原本想写的,却无意中忘了。永代静雄办了一份名叫《鹰》的大概一月两期的怪杂志,上面刊登了一件趣事。有一篇名为"自由恋爱实行团"的六号字短文,其中有一句是"大杉安慰保子,教育神近,又和野枝睡觉"。这是在平民讲演的归途中,我和神近、青山一起在杂志店看到的。神近说:"真是这样啊。"自从你我走近后,青山对我们的关系一直保持沉默。前几天,她说:"把《女人的世界》借给我吧。"我开玩笑地说:"你对我们的问题应该已经不感兴趣了

---

① 辻润:明治十七年(1884年)出生。翻译家、评论家。反对已有的艺术观念和社会制度的达达派艺术家。野枝之所以参加妇女运动,是因为受到辻润的重要影响。
② 堀保子:兄长是作家堀紫山,姐姐是社会主义者堺利彦的妻子,在这种环境的影响下,自己也执笔了《青鞜》。与大杉恋爱、结婚后,作为比丈夫年长的妻子,度过了十一年的婚姻生活。

啊。"她搪塞道:"但因为这是大家费心写的。"

"安慰保子,教育神近,又和野枝睡觉",这有些可笑吧?(中略)

和你接吻最热情的一次,是在我离开御宿的那一天,当时你哭了。

啊,就此搁笔。因为我不想像你一样,尽写些傻话。

荣

这封信写于大正五年(1916年)六月七日,是当时在东京的大杉荣寄给在千叶县御宿的伊藤野枝的。

当时,大杉三十一岁。他是军人之子,曾在名古屋的陆军幼年学校学习,后中途退学。此后,大杉来到东京就读于东京学院,十七岁时接受洗礼,后在东京外国语学校法语专业学习,同时协助编辑《平民新闻》。在此过程中,大杉的社会意识逐渐觉醒,他因参加反对电车票价涨价运动而被捕,被释放后,参与编辑《家庭杂志》。二十岁时,因所写的《致新兵诸君》一文被视为危险思想而遭起诉,被关进巢鸭监狱。

结束两年刑期出狱后,大杉因"周五屋顶演说事件""赤旗事件"等一再被拘留、被关进监狱,二十七岁时,大杉和社会活动家荒畑[①]寒村等人创办了《近代思想》。

从上述经历可知,当时的大杉作为所谓无政府主义者的危险

[①] 畑:日本汉字。

分子,受到政府的严密监视。

明治二十八年(1895年),伊藤野枝生于福冈县今宿,比大杉小十岁。她小学毕业后,在北九州的邮局工作。十四岁时,在叔父的帮助下进京,因学习勤奋,得以插班到上野女校就读。这所学校在当时的女校之中是个"异数",不强迫要求学生接受贤妻良母式的教育,以自由主义和实学精神为主旨。

野枝一从这所女校毕业,就返回北九州,被半强迫地和邻村的末松福太郎结婚。不过,婚礼后的第八天,野枝就从婆家逃到东京,来到学生时代爱慕的英语老师辻润(二十八岁)的住处,和他同居。与此同时,野枝协助编辑由平塚雷鸟主办的《青鞜》,十七岁时发表诗作《东渚》。

和辻润同居的第三年,即野枝十九岁时,生下长子一。同时,她还参加女性解放运动,发表了有关夫妇、贞操等问题的论文和自传体小说。

四角关系

此后不久,大杉荣读到野枝的《妇女解放之悲剧》一文,把此文收录在《近代思想》上,并对其称赞有加,两人由此相识。受到大杉赞赏的野枝,逐渐对他产生亲近感。

这一年,第一次世界大战爆发。大杉对此进行强烈的批评,并将先前的《近代思想》停刊,发行个人色彩浓厚的《平民新闻》,不过因受到政府的压制而被禁售。

另一边，因平塚雷鸟离职，野枝成为《青鞜》事实上的主编。此时，野枝提出：今后编辑方针的主旨是"无规则、无方针、无主义，向所有女性提供版面"。

不久，野枝得知"足尾铜矿矿毒事件"中农民的悲惨处境后，和丈夫辻润商议，而辻润却始终坚持自己作为旁观者的立场。失望的野枝写信把该事件告诉此前抱有亲近感的大杉荣，大杉荣对这件事深有同感，寄来一封主旨为"让我们共同战斗吧"的回信，因此，两人迅速走近。

不过，此时的大杉一方面复刊了《近代思想》，另一方面，九年前已经与堀保子结婚的他又和《东京日日新闻》的女记者神近市子发生了关系。两个女人之间还发生了纠纷。

神近市子生于明治二十一年（1888年）。神近比野枝大七岁，从津田英学塾（现津田塾大学）毕业后，勤奋著述、翻译，同时参与《青鞜》的编辑，还参加大杉主办的"法兰西文学研究会"，和大杉关系日渐亲密。后来，历经世间种种，二战后，作为社会党的候选人参加竞选，当选为众议院议员，在政坛上很活跃。

和大杉同居时，市子二十七岁，是兼具理性和知性光辉的光彩夺目的美女记者，战斗在女性解放运动的第一线。当然，野枝也知道神近的存在，神近和大杉同居让她深受震动。不过，几乎与此同时，野枝生下她和辻润的次子流二。

第二年，因为厌烦丈夫对农民的悲惨遭遇漠不关心，且只会躲在安全的地方大发议论，所以她秘密拜访大杉，两人随即陷入热恋之中。

关于此时的野枝,有一种评论说她是个"肤色稍黑、聪明能干、臀部肥大、精力旺盛的女人"。现存的她的照片,也给人一种身材娇小却意志坚定的印象。而大杉虽然刚开始和市子同居,此刻却对像夜猫似的、双眼熠熠生辉而活力充沛的野枝深深痴迷,他们也发生了关系。

于是,以大杉为中心,围绕妻子保子、神近市子和伊藤野枝三个女人的四角关系形成了。

开头的信中所述"大杉安慰保子,教育神近,又和野枝睡觉",指的正是这段时间的事。

即便如此,大杉竟然亲口告诉身为当事人的女人们刊登在杂志上的流言蜚语一事,还记述听说此事之后神近的反应和青山(即女性活动家山川菊荣)的态度,并评论道:"有些可笑吧?"对此,或许很多人会愤慨不已,这个男人也太满不在乎了。

这是为了表明一派贵公子风度、斗志昂扬的社会活动家大杉荣备受欢迎呢,还是为了说明对外界的所有批评、中伤早已习以为常的社会活动家们厚颜无耻呢?或者说,正值青春年华、激情四射的社会活动家就该处在这样的修罗场里呢?

不管怎样,野枝听闻此事后,不仅毫不畏惧这些流言,为独占大杉,她反而更加热情似火。

这一年三月,野枝辞去《青鞜》杂志主编的工作,自己主动离开辻润,带着次子流二逃到千叶御宿,在这里和身在东京的大杉通信,倾诉满腹爱意。

另一边,身处由自己一手造成的复杂的女人关系中而束手无策的大杉,对保子、市子、野枝三人提出所谓"互相经济独立、不同居而分开居住、尊重彼此的自由(也包括性自由)"三条自由恋爱的条件,并宣布付诸实施。

野枝自然接受上述条件,并继续向大杉表白日益加深的爱意。

> (前略)从今天清晨开始,我思绪万千。我想知道自己对神近女士和保子女士的真实心情。不过,我依然承认和哪一方的关系都只是你生活的一部分,你和保子,还有你和神近,你和我,这样分开是不可想象的。(中略)
>
> 确实是平常的理由,无论是神近女士,还是保子女士,或是我,只是通过你而有所交集。因此,我认为,只要各自对你提出的要求不发生冲突(感觉似乎还有其他说法),都应该无关紧要。我想:如果这样做,如果大家努力进一步了解你,就能够实现第一次握手。(中略)
>
> 作为我来说,我确实期待和神近女士、保子女士握手。如果和神近女士见面,好好谈谈,应该能做到这一步吧。请务必这样做。这样,我们的关系才第一次获得自由啊。我想:这样我们彼此才能更进一步。(后略)

上文是这一年的五月九日,在御宿的野枝写给大杉的信的部分内容。

这封信的全文远比上文长。信的中心内容是野枝对大杉提出的自由恋爱条件的感想。年轻的野枝竭力试图去理解大杉的想法,不过还是为大杉身边另外两个女人的存在而感到苦恼。六月一日,野枝又寄给大杉一封信,下文是其中的一部分。

(前略)你问我的心情平静舒畅吗?说这种话实在过分啊。哎,我的心情很好啊。因为,即使我深感孤单,你也不可能来,我只有忍耐。关于你所说的想我之类的话,如果我不想你,你会想我吗?你确实是这样,让人备尝孤单而置之不理,还笑着问我心情是否平静舒畅。(后略)

这里清晰地浮现出比一般人勇敢刚毅的野枝的另一形象,她回归一个女人的角色,向自己喜欢的男人撒娇、使性子。

两周后,野枝从千叶前往大阪叔父的住处,受到叔父的严厉斥责,叔父让她放弃社会主义,去做一名学者。

下文是那时她从大阪寄来的信的一部分。

(前略)从你的身边离开,今天已是第三天。不知为什么,我觉得时间如此漫长。(中略)我随身携带了《劳动运动的哲学》一书,这真让我高兴。我认真读了这本书,清楚地明白了各种事情。在所有的方面,我逐渐一步一步地、一点儿一点儿地接近你。对我来说,这是多么高兴的事啊。(中略)在各个方面,我惊奇的双眼里只有你——具有深沉强大力量的你。我真正明白了:不论发生什么事,现在要我从你的身边离开,这是万万不行的。(后略)

在信中，野枝表达了她从内心深处挚爱大杉，同时希望向他学习的心情。可以看出，这种既喜欢又尊敬的心情，越发加深了她对大杉的感情。

似乎受到这些信的感染，起初还有几分冷静的大杉也逐渐被野枝的激情所感动，感情的天平迅速偏向野枝。

下文是一个月后，大杉回野枝上一封信的部分内容。

（前略）只有你，野枝子，能让我感到真正的安心。如果你想去，如果再勉力坚持一个月或两个月，无论去哪里，我都高兴地送你去。野枝子，无论你去什么地方，我就生活在你之中。野枝子，你也生活在我之中。我们两人要努力让彼此之中的我们愈发长寿。（中略）

如果你回来，无论何时我都不嫌早，最好立刻回来。来之后的事，来之后总有办法。总之，倘若时机合适，立刻回来如何？确实，你怎能忍受和那样的婶婶你们两人共同生活呢？就连我也绝对无法忍受让可爱的野枝子待在那种让人厌烦的地方。回来吧，早些回来吧，哪怕早一天回来也好。（后略）

这段时间，野枝寄来的信，收件人写的是"大杉荣先生""荣先生""给我的傻瓜"等，大杉寄来的信，收件人写的是"野枝女士""给一脸可爱的野枝子""野狐"等。

从这些信件可知，大杉提出的自由恋爱条件似乎是针对保子、市子、野枝三个女人的建议,实际上,针对的却只是保子和市子。对野枝,大杉自己撕毁约定,让约定徒有形式。换言之,在这段时间,野枝作为恋爱的胜利者,在三个女人中处于领先地位。

这一年的十一月,在叶山的日阴茶屋,突然发生了大杉被神近市子袭击,颈部被刺伤的事件。

这就是所谓"日阴茶屋事件",大杉因此受重伤住院,市子当即被警察逮捕,受到审判,被判入狱两年。

这一事件的原因很清楚:市子因太爱大杉,妒火中烧行凶。市子虽然身为杰出的社会活动家,但在爱恨情仇方面,与一般人毫无二致。不,可以说,她对感情益发重视、更加坚定。

这一事件被作为丑闻报道,受到许多人的关注。大杉出院后,或许是因为吃了苦头,他放弃了先前提出的自由恋爱的条件,和野枝在本乡菊富士宾馆同居。此时,野枝仅二十一岁。此后的七年间,野枝作为大杉的情人和共同战斗的同志,和大杉一起生活,尽情享受恋爱胜利者的喜悦。

在此期间,两人迁居巢鸭,野枝生下她和大杉的长女魔子。另一方面,大正七年(1918年),大杉创办《文明批判》,野枝也在此执笔,不过第三期就停刊了。此后大杉又创办《劳动新闻》,但也因为煽动"米骚动"而停刊。

当时,大杉和野枝的周围总有一名巡警尾随监视。第二年七月,大杉因殴打这名巡警被起诉,而后入狱。野枝也被尾随过,不过,据说野枝还曾让这名巡警帮忙拿行李。由此,可以说女人胆大妄为,也可以说女人难以对付。就在这样的境况下,野枝生下次女。

大正九年（1920年），大杉为出席远东社会主义者会议，秘密航行到上海。野枝则不断发表支持无政府主义的论文。

大正十一年（1922年）九月，不知疲倦的大杉指导完在大阪召开的工会总联合大会之后，十二月，为再次参加国际无政府主义大会，秘密航行到上海和巴黎。此时，野枝生下第四个女儿，同时继续频繁发表文章。

大正十二年（1923年），大杉来到法国。他取了个中国人的名字作掩护，继续各种社会活动。五一国际劳动节，他在巴黎发表演说时被逮捕，后被法国驱逐出境、强制回国。仿佛在等他回来似的，八月，野枝生下长子，发表《让我们结合》等文章。

惨遭杀害的两人

不久，宿命之日——九月一日，东京遭受关东大地震的侵袭，两人总算幸免于难。

可是此后不久，两人在探望亲戚的归途中，突然被不明身份的人袭击，大杉的外甥橘宗一也同时被绑架，三人音信全无。

后来才得知，这是憎恶无政府主义者的宪兵大尉甘粕等人所为，大杉、野枝和宗一在宪兵队的监狱中没有受到讯问而直接被杀害了。甘粕后来因这一罪行受到军法会议的审判，被判处有期徒刑十年。但是，这一事件的详情始终不明，被偷偷地掩盖起来了。

同年十二月，在谷中斋场举办的大杉三人合葬仪式开始之前，他们的遗骨却被右翼分子强行夺走，葬礼成了没有遗骨的告别仪式。

大杉荣享年三十八岁，伊藤野枝享年二十八岁。他们死时何其年轻，又死得何其悲惨。

现在，当回顾两人的一生时，我们清楚地知道，从明治到大正，在日本剧烈动荡的时期，两人在反体制的旗帜下，一边与当时的政权勇敢抗争，一边满怀激情、艰难跋涉。

尤其是野枝，在二十八年的短暂人生中，不仅生育了七个子女，而且还拼命学习、拼命恋爱、拼命战斗。

这所有的一切化为情书中所蕴含的悲喜、嫉妒、娇嗔、懊恼和进取，清清楚楚地呈现了出来。

对两人而言，情书既是真爱的告白，也是反省自身、认识自我的写照，同时还是和无情势力战斗的契机。

伊藤野枝致大杉荣的信

（前略）从你的身边离开，今天已是第三天。不知为什么，我觉得时间如此漫长。不知是在东京站太匆忙，还是突然被卷入拥挤的人潮之中，我总觉得心情不快、忐忑不安，实在是厌烦。行驶到鹤见一带的时候，我终于平静下来。同时，我清楚地意识到从你的身边离开，随着渐行渐远，心中极度不安。一直到沼津，列车上都相当拥挤，因此连活动一下身体都很难。不过，在沼津，列车员帮我更换了座位，稍微睡了一会儿。横渡天龙川时，明月皎洁，景色秀美。我一边考虑各种事情，一边凝望着月亮。我随身携带了《劳动运动的哲学》一书，这真让我高兴。我认真读了这本书，清楚地明白了各种事情。在所有的方面，我逐渐一步一步地、一点儿一点儿地接近你。对我来说，这是多么高兴的事啊。

行驶到大垣附近时，天色大亮，美好的早晨让人不禁为之雀跃。关原一带，碧草丛生，可爱的石竹竞相怒放，还有我喜欢的合欢花。

虽然我们这样身处两地，可我对你的思念无计可消除。倘若离开你，我所有的一切，无论何物，无论何事，都无法想象。不过，即使如此，我的心情也能够非常平静。我想你现在做什么呢？无论我的头脑中出现什么样的影像，我的心情都很平静。心情真的平和。我想：和你在一起时，我为何不能保持这种平静的心情呢？

我曾在什么时候对你说过吧，无论什么时候，如果我们的交往让人烦恼，我就断绝关系。还说过，无论你拒绝或者不拒绝，我都是一样。我觉得如果真这样做，似乎能够做到。可是，无论我如何努力保持心情的平静，也不能将你我二人之间的感情视为单纯的友情。我曾经觉得，只要断绝身体上的关系，似乎就能简单地考虑所有事情，但其实这种想法是错误的。我感到在脑海中沉睡的、完全出乎我意料的各种谬见，在你的暗示下被唤醒、被发现，我不知该如何感谢你。在各个方面，我惊奇的双眼里只有你——具有深沉强大力量的你。我真正明白了：不论发生什么事，现在要我从你的身边离开，这是万万不行的。

神近小姐怎样？对她，我实在感到抱歉。每天我接电话时，都感到痛苦万分。一想到我如何妨碍了她的自由，心中就实在厌烦。你无微不至的关怀，让我多么痛苦啊。我不禁有一种悲伤而奇妙的感觉。这次回去后，我想马上找房子安定下来。

你的工作顺利吗？我很担心你。多有打扰，请原谅。

佐藤春夫致谷崎千代的信
—— 我连五分钟也不曾忘记你啊

佐藤春夫

作家、诗人。明治二十五年（1892年）生于和歌山县，父亲是执业医师。中学时代，投稿的短歌被刊登出来，展现出文学才华。二十四岁时入选"二科展"，在绘画方面也颇具才能。留下诗歌、小说、评论、随笔等众多作品。昭和三十九年（1964年）病故。

谷崎千代

明治二十九年（1896年）出生，是母亲娘家的养女，十几岁在雇有艺伎的祖母家成为艺伎。大正四年（1915年），与谷崎润一郎结婚，育有一女。昭和五年（1930年），与佐藤春夫再婚，育有一子。昭和五十六年（1981年）去世。

两人恋情简介

千代因为丈夫谷崎和妹妹的关系而烦恼。经常出入好友谷崎润一郎家的佐藤对千代既同情又倾慕。谷崎提出将千代让与佐藤,佐藤应允后,谷崎却反悔了。对此,佐藤勃然大怒,一边爱慕千代,一边和谷崎绝交。九年后,佐藤与千代正式结婚,度过了幸福的后半生。

下文是一个男人致一个有夫之妇的信。换言之,是一个男人写给朋友的妻子的情书。

因为心中百感交集,所以,我不知道能否表达出思绪的十分之一。不过,因为太过寂寞,我不堪忍受到下一次我们相见之日,所以,给你写这封信。当然,我准备在你来的那一天,亲手交给你。(中略)
现在我活着别无所求,就为看你一眼。我唯一考虑的是:你明天能来吗?下一次还能来吗?我对别的事完全不放在心上。我连五分钟也不曾忘记你啊。我真想忘了你,我心中郁郁不乐,仿佛灌了铅一样,沉闷压抑。这种日子如果持续半年,我感觉自己就会死掉。如果死了,倒也一了百了。如果不能忘却这种痛苦而又没死,那为了从这种痛苦中解脱出来,我也想去死。我常想自己去死。(后略)

心系朋友的妻子

　　写这封信的人既是当时(大正十年,即1921年)意气风发的诗人,又是备受关注的作家——佐藤春夫。后来,他因《田园的忧郁》《美丽的街市》等幻想风格的作品而成为时代骄子,同时他也是个活跃的抒情诗人,晚年还撰写传记和评论。这封信写于大正十年(1921年)一月,当时,佐藤春夫二十八岁,从庆应大学中途退学后,专心创作,致力于汇总《殉情诗集》。

　　收信人是谷崎千代,她比佐藤小四岁,已经和谷崎润一郎结婚,并育有一女鲇子。

　　对于谷崎润一郎,许多人可能都有所了解。他生于明治十九年(1886年),比佐藤春夫年长六岁,当时在文坛已拥有举足轻重的地位。他的作品与之前的自然主义文学不同,被称为"唯美主义""耽美主义"文学,代表性的作品有很多,诸如《杀死阿艳》《痴人之爱》①《春琴抄》《钥匙》《疯癫老人日记》等。

　　首先简单介绍一下当时佐藤和谷崎两人的个人生活。佐藤春夫此前和"艺术座"的女演员川路歌子同居,后来与米谷香代子结婚。在快要结婚之前,佐藤结识了谷崎。此后,佐藤受到谷崎的青睐,得以进入文坛。

　　可以说,对佐藤而言,谷崎相当于他的老师。谷崎当时二十九

---

①《痴人之爱》:一个男人在培养自己发现的美少女的过程中,逐渐沦为爱欲奴隶的故事。谷崎以圣子为原型,创作出美少女娜奥密的形象。当时,娜奥密成为妖妇的代名词。

岁,已经与比自己小十岁的千代结婚。撮合两人的是在向岛经营一家餐馆的千代的姐姐初子。谷崎从学生时代开始,就经常出入这家餐馆,很喜欢初子。不过,初子比谷崎年长三岁,对他不感兴趣,所以,谷崎就和曾当过艺伎、住在姐姐这里的妹妹千代结婚了。

姐妹二人都是美女,不过就性格而言,姐姐初子开朗活泼、豁达大方,而妹妹则拘谨缄默、温和敦厚。千代还有一位小她五岁的妹妹圣子,长得像西方人,性格豪爽奔放。

性格的差异,成为后来改变姐妹命运的重要原因。

因为谷崎本来就喜欢活泼奔放的女人,所以,他和千代结婚不到一年,就厌倦了家中温和敦厚的千代。他以培养妻妹圣子为借口,让她也住在位于小石川的自己的家中。然而,谷崎的真实意图是将美貌奔放的妻妹培养成自己喜欢的理想女性,她就是后来谷崎的小说《痴人之爱》的主人公原型。

大正六年(1917年),在谷崎结婚两年后,母亲去世。借此机会,谷崎以"和妻子住在一处,写不出小说"为由,让妻子千代、女儿鲇子住在父亲家,家里有他的父亲以及两个弟弟,自己则断然和妻子开始分居。

但是,谷崎此举的真实目的是和圣子两人单独生活。

两年后,谷崎的父亲去世,与此同时,一家人迁居本乡。这时,佐藤春夫住在谷崎家附近,所以,两人迅速亲近起来。

翌年,佐藤结束在中国的长期旅行,回到日本。当得知妻子香代子和弟弟私通时,他非常苦恼。

谷崎在新成立的电影公司(大正活映株式会社)担任剧本部

的顾问，他极力为圣子宣传，想让她当女演员。到了这个地步，温顺的千代夫人也开始怀疑丈夫和圣子的关系，向常登门拜访的佐藤诉说心中的烦恼。

谷崎和千代的关系已降至冰点。谷崎甚至对佐藤提出："我和千代性格不合，想和千代离婚，跟圣子结婚。所以，可以的话，你能不能娶千代啊？"当然，他这样说也是因为看出佐藤私下对妻子有好感。

在佐藤看来，谷崎虽身为文坛前辈，可他对妻子千代的冷淡态度却让人看不下去。他甚至还趁千代一心一意养育孩子之机，任性与其分居，单独和圣子一起生活。每当看到这种情景，佐藤就越发怜惜、越发喜爱一味默默忍受的千代。

总之，谷崎希望和妻子千代分手，而佐藤意欲得到千代，两人意向一致。因此，佐藤和千代的结合应该只是时间问题了。

然而，这时却发生了一件出乎意料的事情。

突然反悔

谷崎已经和佐藤约定，将妻子千代让与他。佐藤也有此意，开始认真考虑和千代结婚。就在此时，谷崎却突然单方面反悔，收回约定，说自己不能和千代分手。

佐藤大怒，立刻去见谷崎，质问他的真意。谷崎只说了一句"我不能和千代分手"，致事情陷入僵局。

两人的交涉是在小田原进行的，因此，这成为文坛上有名的

"小田原事件"。后来,谷崎给佐藤写了一封信,不过,即使看了这封信,也还是不清楚谷崎的真实想法是什么。

比较合理的推测是:谷崎看到千代因佐藤向她表白心迹而突然变得美丽动人,便舍不得放手了。据说还因为谷崎原打算和千代分手后,跟妻妹圣子结婚,却被圣子拒绝了。

不管怎样,被这一事件激怒的佐藤和谷崎大吵一架后愤然离去。此后,二人断交。

佐藤和谷崎发生剧烈冲突后,佐藤亲手交给千代一封信。前面的信的内容是这封信的开头部分。

谷崎突然说不能和千代分手,这让佐藤坚信,自己和千代都被谷崎愚弄了。

佐藤从一月二十八日开始写信,像写日记一样,写了数日,一月二十九日、一月三十一日、二月一日、二月三日,一直写到二月四日,实际上用去一周多的时间。信的篇幅很长,如果用稿纸(一张四百字)写,几乎要六十张以上。

这封信的全文后来被刊登在《中央公论》上。只要读一读这封信,就能深切体会到佐藤是如何热爱千代、痛恨谷崎并期待与千代结婚的了。

下文的信写于一月二十九日,接着上面的那部分,其中有的段落抒发了佐藤对谷崎欺骗行径的愤怒之情。

(前略)我应该对你说过,谷崎觉得过意不去,而且深深感谢你照顾他患病的双亲等事。出于自己的好恶,牺牲没做任何错事的、忠实的妻子,难道有人能过意得去吗?当然没有。我有些怀疑谷崎的良心——到处散布这种说法,仿佛他有人情味似的。

谷崎还得意扬扬地说:"那么,我回千代那儿了。"事到如今,他才说这种话。将近五年,他始终欺骗你,不仅欺骗你,而且还让你感谢他——"我妹妹得到你这样照顾,谢谢你";还欺骗你,说什么"你不许去佐藤那里""如果佐藤不放弃,就是品性恶劣""事情不成,全怪那个男人任性"等。他想让你心里舒服一点儿的时候,就说什么"我对不起佐藤""我是一个脆弱的男人"等。他还说"如果可以,你一个人去笹①沼,把事情谈妥,随便去啊"等;甚至还对我说"别人的议论都没用,如果你愤愤不平,我们就决一胜负好了"。他所说的一切都是在蔑视我和你,或威胁,或哭泣,或嘲笑,说自己是个人道主义者。

哪里有这种人道主义?不能坦然接受自己罪恶报应的人,轻视别人,真是了不起啊。我说你喜欢的丈夫的坏话,你也许心情不快吧?不过,我自己就是这种感受。因此,我只能清楚地说出来,即使令你不高兴,我也没有办法。(后略)

上文让我们完全明白了,引发这一系列纠纷的最主要的原因是谷崎改变主意、任性自私;同时也完全理解了佐藤的心情,理解了他在信的结尾对谷崎这种人道主义的痛斥。

---

① 笹:日本汉字。

不过，即便如此，佐藤也相当执拗。他一连几天写了那么长的信，以此发泄他不能和千代在一起的恨意。信中还有几处错误，不禁令人怀疑：这是文学家写的吗？

但如果从另一个角度来看，可以说，只有不惜体面、诚实坦率地抒发自己的感情，作家才能称之为作家。

那么，处于三角关系顶点的千代的真实想法是什么呢？关于这一点，千代自己没有任何记载，我们只能猜测。

如信中所述，此时，千代有时会给佐藤打电话，有时也会和他见面。虽然谷崎对她很冷漠，但她却不想离家出走和谷崎分手。

千代明知佐藤对自己一往情深，但是谷崎让她留下来，她就老老实实地留下来了。

千代是在盘算吗？她是在谷崎的身边更安心呢，还是对佐藤并无爱意呢？总之，千代在收到如此情深意切的情书后，和佐藤却没有肌肤之亲，这件事也让人感到不可思议。

让妻

"小田原事件"后，谷崎和佐藤的关系极度恶化，不过岁月又将两人的关系拉近。

五年后（昭和元年，即1926年），佐藤在东京和谷崎见面。时光荏苒，二人尽释前嫌，重叙友情。

不过，这几年三人的人生各自发生了变化。三年前的关东大地震后，谷崎迁居关西。关东大地震后的第二年，佐藤和妻子香代子分手,与曾是赤坂艺伎的小田中多美再婚。千代则和寄宿在谷崎家的和田六郎产生感情,闹出了流产的丑闻。

这件事谷崎也知道,后来还传到了佐藤那里。谷崎以此时的千代为原型,完成了小说《食蓼之虫》①。

从这一系列的事情来分析,最让千代动心的应该是比她年轻的和田吧。不过,当和田看到千代边哭边和佐藤商量跟他结婚的情景时,心生妒意,自行离开,和田与千代的关系就此终结。

事到如今,谷崎和千代的爱不可能再恢复,佐藤又一次接近孤独寂寞的千代。

这时佐藤已结过两次婚,但内心深处依然对千代念念不忘。谷崎对千代则没有丝毫留恋,佐藤与千代结婚一事再次排上日程,昭和五年(1930年),佐藤终于正式和千代结为夫妇。

这时距"小田原事件"已过去了九年,自佐藤在谷崎家第一次见到千代时算起,十三年的岁月已悄然流逝。

结婚之际,由谷崎、千代和佐藤三人联署的,即后文所载的"离婚书",分别被寄送给了亲朋好友、出版社及报社。

当时这被称为"让妻事件",不仅在文坛,而且在整个社会都引起了巨大反响,一部分媒体甚至把它作为重大丑闻而大肆渲染。

不论是当时,还是现在,如果出现类似的事件,电视和周刊杂志等媒体都会竞相报道。不过,佐藤的信饱含深情,不论哪个时代

---

① 《食蓼之虫》:描写了因性生活不一致,夫妇二人同意各自和其他男女交往,以待分手时机的故事。谷崎以自己和千代的婚姻生活为原型,刻画了男人摇摆不定的心理。

的读者,都会为之感动。

他的情书完全不像是作家写的,不是所谓意思通达的文字。不过,正因如此,虽欲言又止、遮遮掩掩,却又真真切切地表达出热恋中的男人的心情。读了这封信,我们会发现:只要恋爱,文学家也会沦为一个为爱痴狂、毫无志气的男人。

婚后,佐藤终于安定下来,开始不断发表作品。昭和三十九年(1964年),他因心肌梗死去世。之后,千代又活了十七年,八十四岁时安然离世。

回顾千代的一生,她留给人的深刻印象是:她是一个一心一意服侍自私自利的谷崎的薄命女人。但实际上,她时常被男人们含情脉脉的目光追逐,虽曾被命运捉弄,却出乎意料地坚强。

然而谷崎则以与这些事件相关的女人们为原型,创作了各种不同风格的名作。谷崎遇事冷静,坚定顽强。无论什么事情,他都能把它转化为作品。在这一点上,谷崎和千代的缘分姑且不论,就人生态度而言,他们是般配的夫妇。

与此相对照,佐藤是一个浪漫主义者,有点儿散漫随意,对恋爱和工作的态度也不如谷崎坚定。

在某种程度上,也可以说,佐藤被谷崎随意摆布。不过,有一点是确凿无疑的:佐藤对谷崎的情结反而助推了他的事业,成为他构筑自己独特文学的重要机缘。

佐藤春夫致千代的信

因为心中百感交集,所以,我不知道能否表达出思绪的十分之一。不过,因为太过寂寞,我不堪忍受到下一次我们相见之日,所以,给你写这封信。当然,我准备在你来的那一天,亲手交给你。(中略)

现在我活着别无所求,就为看你一眼。我唯一考虑的是:你明天能来吗?下一次还能来吗?我对别的事完全不放在心上。我连五分钟也不曾忘记你啊。我真想忘了你,我心中郁郁不乐,仿佛灌了铅一样,沉闷压抑。这种日子如果持续半年,我感觉自己就会死掉。如果死了,倒也一了百了。如果不能忘却这种痛苦而又没死,那为了从这种痛苦中解脱出来,我也想去死。我常想自己去死。(后略)

没有你,我将如何活下去啊?我对你朝思暮想,已经一年半之久了。在此期间,有半年的时间,我的脑海中全是你。向你坦陈我的心扉,已有三个月了。在这三个月里,我坚守节操,从未接近过女人。这样,我的感情还不专一吗?

(中略)

因为我想竭尽全力、尽我所能地爱人,所以也想用我的爱使她心动,为她所爱。这就是我一生的目的。

迄今,我始终用自己的一颗真心爱女人。然而,我不是一个头脑机灵的人,在女人看来(男人看我,大概也是如此吧),我仿佛是一个不值得爱的人。我曾经那般挚爱的女人们,都无情地背叛了我,我已不能再相信任何一个女人。恰在此时,你映入我的眼帘。你,既像我自己,又像我的母亲,纵然被丈夫、被他的兄弟背叛而浑然不觉,一心相信背信弃义的丈夫并守护他,始终守护他。

(后略)

联署离婚书

敬启:

　　炎炎夏日,谨祝尊府安康。此次,我等三人,经商谈决定,千代与润一郎离婚,与春夫结婚。润一郎之女鲇子随母亲生活。双方之交往自然一如从前。期尊下得知此事,以待厚谊。谨以此为介,予以披露。暂谨以寸简告之。

谷崎润一郎

千代

佐藤　春夫

谨启

谷崎润一郎致根津松子的信

——如果能一生服侍夫人,那将是我无上的幸福

谷崎润一郎

　　作家。明治十九年（1886年）生于东京。在东京帝国大学就读期间，发表《刺青》等作品，博得永井荷风的赞赏，由此确立了其在文坛的地位。此后，陆续发表《春琴抄》等众多代表作，并将《源氏物语》译为现代日语。昭和四十年（1965年）去世。

根津松子

　　明治三十六年（1903年）生于大阪。二十岁时，与船场的棉布批发商、根津商店店主清太郎结婚，育有一女。昭和十年（1935年），与谷崎润一郎再婚。谷崎去世后，她发表追忆谷崎的《倚松庵之梦》等随笔，文笔优美。平成三年（1991年）去世。

两人恋情简介

因关东大地震而迁居关西的谷崎逐渐感受到关西文化的魅力,其象征是气质优雅的富商根津家的夫人松子。松子不断激发出谷崎的创作欲望,谷崎在接二连三地发表小说的同时,也向她表白了爱意。夫妻关系存在问题的松子终于没有让谷崎失望,在邂逅十年后,两人结婚。

此前,介绍了佐藤春夫致谷崎润一郎的妻子——千代夫人的情书。在这里,将介绍谷崎润一郎写给后来成为自己的妻子——根津松子的情书。

读到这里的读者知道,此前,谷崎将自己的妻子让给了同为作家的佐藤春夫。

不过,这一次是谷崎本人对有夫之妇动了心。

总之,谷崎开始踏上和佐藤相同的道路。

虽说是行动半径狭小的时代,那也不应该夺人之妻吧。可是,即便是朋友的妻子,一旦对她动心就无法自拔。当时的男人对爱情就是这样执着,作家就是这样放肆任性。

下文是昭和七年(1932年)九月,谷崎致松子的信的部分内容。

如果能一生服侍夫人,纵然为此付出生命,那也是我无上的幸福。从初见您的那一日起,我就因为您茫然若失。尤其是这四五年来,承您恩惠,我才度过艺术生涯的瓶颈期。倘若没有让我崇拜的高贵女性,我将无法酣畅淋漓地创作。时至今日,我才终于邂逅这样的您。

事实上,去年创作《盲目物语》等作品时,您就始终萦绕在我心里,而我就这样率意地写了出来。今后,如蒙您的恩惠,我的艺术领域定然会变得丰富。纵然分开,只要一想到您,我的创作也将思如泉涌。

（后略）

爱上有夫之妇

这封信的收信人为松子,明治三十六年(1903年)生于大阪,父亲森田安松是大阪一家造船公司的董事。大正十二年(1923年),松子嫁给船场的棉布批发商、根津商店的店主。这家商店是船场的著名商铺,掌柜、学徒等许多佣工在此工作。

信的开头称呼松子为"夫人",意为这种名门望族之家的"太太"。

松子之前从府立清水谷高等女校中途退学了。不过当时,女孩子就读于高等女校相当罕见,由此可见,松子是一个才华出众的女子。松子还喜欢文学,对芥川龙之介心怀爱慕之情。

机会凑巧,松子听说芥川有时会来丈夫清太郎常常光顾的大阪南地的茶馆,于是拜托老板娘,如果有机会一定让她和芥川见一面。不久,松子得到芥川到来的消息,便匆匆忙忙地梳洗打扮,激动万分地赶去和芥川见面。

松子来到房间一看,芥川和另一个男人在,松子向他们问候之后,倾听二人谈论文学。而这另一个男人就是谷崎。

第二天,谷崎邀请松子去舞厅。这时,谷崎像服侍女王一样,对她彬彬有礼、毕恭毕敬。对此,松子大为吃惊,也大为感动。

此后,两人的关系日渐亲密。松子对芥川心怀爱慕而赶去见面,却被一旁的谷崎追求,这真是一个令人啼笑皆非的结果。

从此,谷崎和松子常常见面。两家房子离得不远,他们还曾互相拜访。不过,因为松子是有夫之妇,所以,两人的关系也就仅此而已。

昭和五年(1930年),如前文"佐藤春夫致谷崎千代的信"中所述,谷崎和千代夫人离婚,将夫人让给佐藤春夫。

第二年,谷崎与文艺春秋社《妇人沙龙》的女记者古川丁未子结婚,经松子从中斡旋,谷崎夫妻迁往西宫的根津家的别墅居住。

但是,谷崎对松子感情渐浓,以对她的恋慕之情为基础,创作了《盲目物语》《刈芦》①《春琴抄》等小说。无论在哪一部作品中,谷崎都将自己比作服侍主家千金(松子)、尽心尽力为主家效劳的用人。

后来,在离芦屋不远的鱼崎,谷崎和松子夫家根津家比邻而居。此时,松子的丈夫清太郎另有情人,正在和松子分居。

或许是因果轮回吧,佐藤曾热恋住在附近的谷崎的妻子千代,

---

① 《刈芦》:描写父子两代人恋慕一名美女的故事。谷崎以松子为原型,塑造出了女主人公阿游,于单行本发行之际,在书上添加了酷似松子的插图。

而这一次是谷崎热恋邻居根津的妻子松子。

后来成为谷崎妻子的松子,在追忆谷崎的《倚松庵①之梦》中,对这段往事,记载如下:

> 在一个夜晚,我正沉浸在如《春雨》一般忧郁的地呗氛围中,他派人来,说请我去玩。我立刻赶往邻家。他一天的工作似乎也已结束,正在享受闲暇时光。因此,我接受他的邀请,走进书斋。我一边环视据说是买自奈良的装饰架、有时代沧桑感的木桌和摆放有些杂乱拥挤的书籍,一边体会作家特有的奇异感觉。我轻松随意地和他聊天。突然,他恭恭敬敬、斩钉截铁地说:"我钦慕您。"我无比震惊,以致无言以对、张口结舌。他眉头一皱,我似乎听到他用沉痛而嘶哑的声音说"无论付出多大的牺牲,我一定会让您幸福"。事发突然,我连是怎么一回事都没弄清楚,于是岔开话题,搪塞了过去,然后匆匆逃回家。我感受到他的好意,而且,也感觉到他总在注视我。

受虐嗜好

在那个男尊女卑的风气浓厚的时代,被谷崎当面表白,松子在

---

① 倚松庵:昭和六年(1931年),在松子的安排下,谷崎和妻子丁未子入住根津家别墅的独立建筑。谷崎因这一独立建筑"倚靠着松(子)"而将其命名为"倚松庵",后发表《倚松庵随笔》。

震惊的同时也春心萌动,这是可以理解的。

但是,谷崎身边有新婚不久的妻子。

松子深感苦恼,随后移居阪神间的青木。不到三天,谷崎向这里寄来了滚烫的情书。

下文是从当时的三封信中摘选出的令人感兴趣的部分。

(前略)目前,我正在写从上月刊开始连载的改造的小说《刈芦》。小说情节虽然截然不同,女主人公的性格也自高自大,不过,我是依照脑中夫人的形象来写的。(中略)

(前略)据我迄今的经历,一旦恋爱,根本无法工作。然而,不可思议的是,每当想起夫人,我便下笔如飞。承蒙您的恩惠,我的艺术生涯才不会停滞不前。夫人,您就是艺术之神,我蒙受您的庇佑。想到这里,我真不知道受到过您多少恩惠。夫人,您就是我的文思之源。

(前略)我对您有一个请求:从今天开始,作为我是您下人的象征,请您为我重新起一个下人用的名字。"润一"这两个字不像下人的名字,因此,用"顺市"或"顺吉"怎么样?(后略)

看完上面的文字,就知道谷崎对松子有多神魂颠倒了。更令人感兴趣的是,在这几封信中,谷崎的受虐嗜好表露无遗,与其说谷崎将松子当作恋人,不如说他把松子当作女王一样崇拜,陶醉于自己匍匐在地的身影之中。

谷崎的作品被称为耽美主义或恶魔主义,实际上,他的作品与受虐狂、恋物癖密切相关。

由此可见,谷崎把在大阪船场长大、身材修长、开朗美丽的松子当作自己侍奉的主人而仰视的角色定位,以及现实中他的恋情,都和他自身的文学创作密切相关。

这样看来,最可怜的就是新婚不久的丁未子夫人了。她是一个身材纤细、带有几分哀愁的美丽女人。从外表上看,她并不是谷崎喜欢的那种女人,既然如此,谷崎为什么要和她结婚呢?这也和前面千代夫人的情形一样,或许是因为当时男尊女卑的风气盛行,谷崎无处寻觅他所喜欢的那种高傲的女人。

总而言之,从寄出这些信后的第二年(昭和九年,即1934年)三月起,谷崎开始和松子同居。

这时松子还在随丈夫根津的姓氏。和谷崎同居一个月后,松子正式和丈夫离婚,恢复旧姓森田。对松子而言,她终于可以公开、自由地和谷崎共同生活了。

然而,关键人物谷崎非但没有和松子结婚,反而在这一年七月,正式提交了和丁未子的结婚申请,又在半年后的昭和十年(1935年)一月,匆忙和丁未子协议离婚。

关于离婚的理由,谷崎的记载如下:

(前略)我发现,普通的婚姻生活对创作家来说是不可能存在的,这是我与C子、T子两次婚姻失败后得出的体会。(中略)

其原因是,艺术家不断梦见自己憧憬的、比自己高高在上的女性。然而,将她娶为妻子之后,女性多半会褪去光环,沦为次于良人的平凡女子。因此,不知何时艺术家又开始追求下一个新的女人。(中略)

我想找到一个值得我献出一生来侍奉的高贵女人,任由她支配,在法律上虽是夫妇关系,实际却缔结主从关系。(后略)

作家的利己主义

关于当时的事情,谷崎自己记载:"我不能同时爱上两个女人。我从年轻的时候开始,确实和许多女人交往过,但却从来没有做过社会上普遍认为的那种事,从来没有同时追求过两个女人。"正因如此,谷崎说,他因思念松子夫人而终日苦闷。

的确,从表面上看,谷崎追求的或许是一个女人,可他草率结婚后又迅速厌倦,开始追求下一个女人。而且,这个女人还是和前妻关系密切的女人,如千代夫人之妹圣子、和丁未子夫人比邻而居的松子。在这一点上,不得不说,谷崎是一个丝毫不顾忌女人的感受,一旦喜欢上就欲罢不能、只关心自己的男人。

尤其令人关注的是,谷崎是一个受虐狂。和松子结婚后,谷崎始终秉承自己是夫人下人的观念,用餐时,谷崎让松子夫人一个人先用餐,自己则在一旁服侍,然后再吃饭。而且,据说,夫人用餐时,

谷崎在一旁恭谨待命。夫人也只好拘谨地每次吃少许食物,为表现自己的矜持而疲惫不堪。(取材于《倚松庵之梦》)

谷崎还认为,如果直呼夫人的名字"松子",那么自己就无法再作为下人来服侍夫人了,所以,他含含糊糊地用"你""哎"这样的词语和松子打招呼。关于这一理由,他写道:"因为我认为她和世上的妻子、老婆是不一样的。"(取材于《雪后庵夜话》)

而且,松子夫人在怀孕后,满心期待生下孩子。谷崎却说:"如果那样做(生下孩子),迄今这样充满艺术氛围的家庭将分崩离析,我的创作热情将减退,或许我什么都写不出来了。"因此他极力要求松子夫人流产。

最终,夫人满足了谷崎的要求,在妊娠五个月时堕胎。当医生告诉夫人胎儿是男孩,而且发育正常时,夫人身心都饱尝痛苦。

关于这件事,谷崎说:"与对腹中孩子的感情相比,她对我和我的艺术的感情更为深厚。"当看到夫人有时因想起堕胎的孩子而哭泣,有时因看到和自己的孩子年龄相仿的少年而潸然泪下时,谷崎也只是写道:"我时常感到吃惊。"

从表面上看,无论是对松子夫人,还是此前的圣子,谷崎都把她们奉为上宾,全心全意地侍奉。但与其说谷崎喜欢这两个女人,不如说因为她们的存在激发出他的创作欲望,所以他才对她们百般宠爱、毕恭毕敬。

后来,谷崎以松子夫人和她的两位妹妹为原型,创作了《细雪》。这也表现出谷崎强烈的创作欲望。

晚年,谷崎发表了《钥匙》《疯癫老人日记》等作品,昭和三十三年（1958年），因为轻度脑出血，右手出现麻痹，不得不依赖口述写作。七年后，因心力衰竭，在汤河原的家中去世，享年七十九岁。他作为作家可谓功成名就。

松子夫人此后又活了二十六年，她的天生丽质、开朗大方让许多人心生爱慕，她于平成三年（1991年）去世，享年八十八岁。

使两人心意相通的情书既表达了浓浓的爱意，又将谷崎这位大作家的根本风格和行事作风表露无遗。

有一种观点认为：正因为情书秘而不宣，所以内容才真实坦荡、毫无隐瞒。可以说，与为数众多的对谷崎文学的评论相比，情书更准确生动地反映了谷崎文学的精髓吧。

润一郎致松子的信

　　昨天承蒙森田先生馈赠珍贵礼物，不胜惶恐。拜托您在合适的时候，代我向他致谢。

　　昨夜，归途中，我见到了根津先生和令妹，因为匆匆忙忙，所以无暇交谈。可是，因为您完全了解根津先生的意向，如果您能转达他的意思，我深表感谢。如果在没有发生这种事之前，让我拜谒您，或者您有什么事让我为您效劳，对我而言，是无上的幸福。最近，实在是不胜惶恐。想到以前的事，我理应感谢根津先生的好意，没有我随意说三道四的道理。您曾说过，让我把您当作您丈夫的女儿，即使您不这样说，许久以来，我也一直是这样想的。

　　如果能一生服侍夫人，纵然为此付出生命，那也是我无上的幸福。从初见您的那一日起，我就因为您茫然若失。尤其是这四五年来，承您恩惠，我才度过艺术生涯的瓶颈期。倘若没有让我崇拜的高贵女性，我将无法酣畅淋漓地创作。时至今日，我才终于邂逅这样的您。

　　事实上，去年创作《盲目物语》等作品时，您就始终萦绕在我心里，而我就这样率意地写了出来。今后，如蒙您的恩惠，我的艺术领域定然会变得丰富。纵然分开，只要一想到您，我的创作也将思如泉涌。

　　但是，如果您误解了，我不知道该如何是好。对我而言，不是为了艺术的您，而是为了您的艺术。我的艺术若有幸传诸后世,那也是为了将您传诸后世。若没有您,我今后的艺术也不会存在。若您与艺术不得两立,那我也乐于抛弃艺术。

我并没有什么要事,不过这四五天不能去拜访您,所以写这封信确认一下。我大概在五号或者六号下午去拜访您。从今天开始,请让我称呼您为主人。

润一郎
九月二日

太宰治致太田静子的信

——请你做一个最好的人,默默地、拼命地活下去。我爱你

太宰治

作家。明治四十二年（1909年）生于青森县一新兴的地主富商之家，原名津岛修治。中学时开始写作小说和戏曲，踏上作家之路。从东京帝国大学法文科中途退学。留下《奔跑吧！梅洛斯》《斜阳》《人间失格》等众多佳作。昭和二十三年（1948年）自杀，享年三十八岁。

太田静子

大正二年（1913年）生于滋贺县一执业医师之家。从实践女子专门学校家政科中途退学。二十五岁时，与弟弟的同事结婚，生下一子，不久夭折，后两人离婚。三十四岁时，生下太宰治的孩子。此后，凭一己之力抚育孩子。昭和五十七年（1982年）病故，享年六十九岁。

两人恋情简介

　　静子通过阅读太宰治的小说而摆脱了丧子之痛，于是她和朋友拜访了太宰治。此后，两人数次见面，但随着战争形势的恶化，关系逐渐疏远。二战后，想以静子的日记作为小说题材的太宰治拜访了静子。此后，静子怀孕。太宰治以静子的日记为基础，创作了《斜阳》①，承认了他和静子的孩子。可第二年，太宰治却和别的女人投河自尽了。

　　拜覆：
　　　　我总是在想。虽然这样说很奇怪，但我总是在想。真想老实说给你听。
　　　　得知令堂过世，我想你一定处于悲痛之中。
　　　　现在的日本，没有一个人是幸福的。可是，还有一些值得怀念的事吧。我曾两次遇险：在三鹰的时候，炸弹爆炸，我连脖子都被埋住了；后来，我去了甲府，又遭遇火灾。
　　　　青森不仅寒冷，还让人感到特别压抑，我正为之苦恼。我想谈一次恋爱，悄悄地思念一个人。可才过了十天，却爱意顿消，我不知该如何是好。
　　　　不能旅行，最让我烦恼。

---

① 《斜阳》：太宰把家族的没落和静子的日记结合后构思的作品。太宰把契诃夫的小说《樱桃园》的女主人公和静子日记中所描写的母亲形象合二为一，完成了统治阶级没落的故事。

我买了将近一万日元的香烟,现在身无分文了。我今天把味道最好的十支香烟藏到了壁橱的架子上。

请你做一个最好的人,默默地、拼命地活下去。

我爱你。

这封信是太宰治于昭和二十一年(1946年)一月寄给他日后的情人太田静子的信。

当时,日本战败五个月,国内一片混乱,战败的伤痕随处清晰可见。

当时,书信要数日才能送达,列车上挤满了因粮食短缺而外出买粮的人,车票也不易买到。

此时,太宰在老家青森县金木村,静子在神奈川县足柄的下曾我村。从青森到神奈川的确是一次漫长的旅行,即使去邻近的县也不是一件易事。

信中所述"不能旅行,最让我烦恼"就是基于以上情形讲的。至于"现在的日本,没有一个人是幸福的",是在战后废墟上茫然无措的人们的真实写照。

虽说这封信写于日本最混乱的时候,可我总觉得它古里古怪,有一种说不出来的奇异感觉。

信的开头是"我总是在想。虽然这样说很奇怪,但我总是在想",我们从中感受不到像此前看到的情书中所展现出来的热情似火、真挚感人。

中间"我想谈一次恋爱……"的部分,好像也不必特意写在致恋人的信中。

至于"我买了将近一万日元的香烟……"的部分,从当时的物价来考虑,也只能认为是个夸张的笑话。

最后一句"我爱你"完全给人一种凑数的感觉,说得好听一些,可以把它理解为太宰独有的羞涩风格。不过,整体而言,这封信似乎缺乏热情。

药物中毒和自杀未遂

关于太宰治,现在或许不必做详细介绍。

太宰治,明治四十二年(1909年)生于青森县北津轻郡金木村,原名津岛修治。他出生在明治维新后靠放贷而迅速发家的新兴富商家。太宰出生时,他家有田地二百五十町步[①],他的父亲是"多额纳税者",具备贵族院议员的资格。

因母亲体弱多病,太宰出生后就由乳母照顾。不到一年,又由住在家中的叔母抚养。而从两岁到七岁,再由保姆阿竹照顾。或许这些经历使太宰养成了习惯依赖他人的性格,也可以称之为天性。

太宰七岁上小学,成绩常名列前茅,担任学生总代表,但也是一个让人头疼的调皮孩子。上初中后,太宰的成绩依然出色,担任同年级学生的代表。他天生好开玩笑,在班级中很受欢迎。

---

① 町步:1町步约为 14.88 亩,约合 9920 ㎡。

这时,太宰开始创作小说和戏曲,和友人创办同人杂志,并在上面发表文章。十七岁时,他倾慕某位女佣,这是一次充满烦恼的早恋。

昭和二年(1927年),太宰就读于旧制弘前高中,不过,这一年他受到芥川龙之介自杀的冲击,开始倦怠学业,经常出入青森的花街柳巷,和艺伎红子关系亲密。

此后,太宰创办各种同人杂志,二十岁时,在《弘前新闻》上发表小说。因为厌弃堕落的生活,他服用大量镇静剂第一次试图自杀,但自杀未遂。

昭和五年(1930年),太宰考入东京帝国大学法文专业,拥护共产主义。他拜访井伏鳟二,此后,长期师从井伏鳟二。太宰又把早已关系亲密的红子(原名小山初代)叫到东京来,以和兄长分家除去户籍为条件,让家人同意他与红子结婚。

可是,一个月后,太宰却和银座的女招待田部服用药物试图殉情自杀,结果田部死了,太宰没有死,他被控告犯下"帮助自杀罪",后被判免于起诉。

之后,太宰一边持续放荡不羁的生活,一边以旺盛的热情继续创作小说。

但太宰因为荒废学业,大学毕业无望,在报社的招聘考试中也失败了,于是,太宰在镰仓的山中第三次试图自杀,以未遂告终。

虽无生命危险,可后来太宰却从盲肠炎发展为腹膜炎,入院期间,因为滥用药物,又导致药物中毒。

昭和十年(1935年),二十六岁的夏天,太宰的作品《逆行》成为芥川奖候选作品,可最终落选了。之后,太宰因没有缴纳学费而被东大开除。在此期间,他药物中毒的症状日甚一日,于昭和十一年(1936年)在医院住了一段时间接受治疗。在太宰住院期间,妻子初代与绘画学生私通。受此打击,太宰和初代服用药物殉情自杀,又以未遂告终。

此后,太宰与初代分手。昭和十四年(1939年),在井伏鳟二的介绍下,他与毕业于东京女子高等师范学校的女校教师石原美知子相识、相恋,并举行婚礼。在新的环境下,太宰埋头创作,在《文学界》《新潮》《中央公论》《国民新闻》等报纸杂志上接连不断地发表作品。

太宰和静子相识是在两年后,即太宰三十二岁时。在此之前,静子读过太宰的小说,作为喜欢他小说的读者,给他寄了一封信。太宰回信:"如果有兴趣,就来玩吧。"静子就和在文学小组认识的两位女大学生一起,到太宰的住处拜访了他。

太田静子,大正二年(1913年)生于滋贺县爱知川町,比太宰小四岁。

太田家是名门世家,世代任大分中津藩"御殿医"①。静子出生前后,太田家迁居爱知县,仍以行医为业。

静子是所谓名门闺秀,从爱知高等女校毕业后,来到东京,就读于实践女子专门学校,后中途退学,学习绘画,并参加了口语短歌的团体。二十一岁时,出版短歌集《衣裳之冬》。

---

① "御殿医":日本江户时代为将军、大名效劳的医师。

静子二十五岁时，父亲去世，继承衣钵的长兄又患病，所以，她和母亲关闭了医院，移居东京，在大冈山买了洋房，和母亲一起住在这里。

不久，静子与京都大学毕业的东芝职员结婚。女儿出生一个月就不幸夭折，静子和丈夫的感情出现裂痕，于两年后离婚，回到大冈山的娘家。这时，静子偶然读到太宰的《虚构的彷徨》一书，被深深打动。

关于其中的原委，后来，静子的女儿太田治子在《母亲的钢笔》一书中，有如下记载：

朋友们都离开我，用悲哀的目光凝视我。朋友啊，和我说话，嘲笑我吧。啊，朋友茫然地背过脸去。朋友啊，问一问我吧，我什么都告诉你。我用这双手溺死了园子。我用恶魔般的傲慢，祈求纵然我复活，也要让园子死去……

很明显，这段文字记述的是在镰仓殉情事件中死去的女人。静子的女儿治子随后写道：

母亲想，世上居然有这样坦诚的人，他也怀有一种致人死亡的罪恶感。母亲想将这位作家尊为自己的老师。

《斜阳》的原型

对静子而言,拜访太宰意味着终于和自己憧憬的作家相识了,不过两人的关系发展得并不顺利。

原因之一是随着太平洋战争日趋激烈,审查制度更加严格,言论自由受限。同时,纸张供应紧张,太宰还被强制要求参加军事训练,根本无法专心写小说。

因胸部疾患(肺病),太宰被免于服兵役,不过当时的环境绝不适合男女谈情说爱。尤其是进入昭和二十年(1945年)后,美军的空袭越发频繁,太宰治将家室暂时疏散到甲府,不料那里也被付之一炬。无奈之下,太宰只好和家人一起,经过四天的艰难跋涉,抵达老家津轻。

静子则和母亲被疏散到神奈川县下曾我村。昭和二十年(1945年)八月,战争终于结束。第二年一月,母亲去世,留下静子孤身一人。

静子随即写信告诉太宰母亲去世的消息,在津轻的太宰寄来了开头的那封信。

这时太宰正在秘密构思,准备将没落望族的悲剧写成小说。

引发太宰产生这个念头的是太宰以前听静子说起的、和从她的来信中了解到的静子母亲的人生历程。但要将其作为小说原型,则需要阅读记载太田家内情的日记,同时还有必要去一下静子家。

同年(昭和二十一年,即1946年)九月,静子再次来信,在信中,静子有许多事情要和太宰商量。一件事是现在静子住的下曾我山庄的所有者突然说想要出售房屋，静子不知如何是好；另外一件事是这年夏天，有人向静子提亲。静子虽无意结婚，不过，她考虑到自己今后的生活，有三个选择：一是与比自己年轻的作家结婚，像曼斯菲尔德一样，自己也写小说，过这样的生活；二是忘记文学，当一名家庭主妇，平凡地生活；三是作为 M·C 先生的情妇而生活。M·C 是 My Chekhov（我的契诃夫）的首字母，指的是太宰。

虽说是和太宰商量事情，但从内容上看，这明显是一封情书，而且爱意深沉，静子期望太宰做出最终的决断。

对此，太宰却寄去如下回信：

  拜读来信，详情已知。

  我打算十一月迁居东京。下曾我那里，不就是一个好地方吗？你就在那里再住上一段时间，静观天下局势，如何？当然，我会去拜访你。这样一来，从容筹划百年大计吧。请你不要慌张，你自己一个人的生活，总会有办法的。放心吧。请再来信。再见。

  请保重身体。

可以说是漠然置之吧，对静子的诉求，太宰左耳进右耳出，根本不愿承担任何责任。

静子随后又寄来快信。太宰担心妻子对此生疑，所以，他在回信中只考虑自己：

与此相比，今后，把寄信人的姓名改一改吧。

小田静夫，如何？像一个美少年的名字。

我准备用中村贞子的名字。我中学的朋友中有一个性格特别淳朴的好人——中村贞次郎，所以我打算学习他的优良品格。

但是，静子对太宰并不死心。爱情之火一旦点燃，分开后不仅不会熄灭，反而会越烧越旺。

在这种情形下，这一年的十一月，太宰终于离开津轻进京，在三鹰的老宅里住下。为了避开来访者，能和女人自由见面，他在附近设立了工作间。

第二年，即昭和二十二年（1947年）一月，静子来这里拜访。二月，太宰去下曾我的"雄山庄"拜访静子，在那里停留五天，成功借到了静子多年的日记。随后，太宰着手创作后期的杰作《斜阳》。

又过了一个月，太宰再次拜访下曾我静子的家。从静子口中得知她已怀孕，太宰惊慌失措。

当时，太宰已有一儿一女，同年三月末，次女里子出生。

可就在这一段时间，太宰在经常光顾的三鹰车站附近的小酒馆里新结识了一个女人——山崎富荣[①]，两人关系亲密。

这一段时间里，《斜阳》也进展顺利，并于六月底脱稿，而太宰

[①] 山崎富荣：大正八年（1919年）出生。二十五岁时与商社职员结婚，后来丈夫战死。和太宰邂逅时，她是一位美容师。为太宰注射维生素，在他写作时予以照顾，尽心尽力为他服务。

却为失眠苦恼。

同年五月二十四日,静子和弟弟通一起,来这家小酒馆和太宰见面,请求他承认肚子里的孩子是他的。

十一月十二日,静子生下女儿。三日后,静子的弟弟再次拜访太宰,请求他为孩子取名。

当着山崎富荣的面,太宰为孩子取名"治子",还写下证书交给静子的弟弟,证书上写道:"这个孩子是我的爱子。愿你永远以父亲为骄傲,茁壮成长。"

同年三月出生的太宰次女里子日后成为作家——津岛佑子,十一月出生的治子日后也成为作家——太田治子。

同年十二月,《斜阳》一经新潮社出版发行,立刻成为畅销书,太宰也跻身一流作家之列。

昭和二十三年(1948年)一月,太宰开始咳血,在富荣的陪伴下,他一边注射维生素,一边写作《人间失格》,终于在五月完成这部小说,不过他的身体因反复咳血和长期服药而变得非常虚弱。

尽管如此,太宰也不休息,开始在《朝日新闻》上连载《再见》。

然而,随着身体日渐虚弱,太宰在精神上也感到极度疲惫。六月十三日深夜,在绵绵的雨中,太宰和山崎富荣一起跳入水势上涨的玉川上水,自杀身亡,就是所谓殉情。在六月十九日太宰生日这一天,遗体才被发现。这一天后来被命名为"樱桃忌"。

太宰享年三十八岁,山崎富荣年仅二十九岁。这一年,太田静子三十四岁。

太田治子后来在《母亲的钢笔》中,有如下记载:

母亲说，她对山崎富荣没有一丝一毫的嫉妒。对夫人，更是由衷地感到抱歉。"女人的战争"这个词语和母亲无关。作为女人，她或许性情淡泊，而作为母亲的那种情感却炽热、强烈。

此后，静子来到东京，凭一己之力抚养女儿治子。昭和五十七年（1982年）去世，享年六十九岁。

现在再次阅读太宰的情书时，我们可以感觉到，太宰尽管也爱，但他的爱却任性随意、腼腆害羞、瞻前顾后。

尤其对静子，太宰爱她这一点也无可非议，但不可否认，他对静子的爱也是出于想向她借日记以便创作小说这一意图。

如果换一个角度看，不能说太宰没有这种意图，可以说通过这件事，也让我们看到了作家的自私任性。

不过，如果将写出佳作视为作家的使命和职责，也可以认为，留下《斜阳》这样的名作，是太宰对静子的爱，是他送给她的最珍贵的礼物。

这不是一往情深的爱，太宰或因自私自利而犹豫退缩，或因情深意浓而面红耳赤，在这种情形下写的情书也是一种情书。可以说，正因如此，才准确地反映出了情书中人物的真实情感。

太宰致静子的信

一九四六年（昭和二十一年）九月左右

　　已拜读你的书信。我一个人坐在独立、昏暗的十叠房间里，一边吸烟，一边茫然凝视着雨中的庭院，然后拿起笔。

　　雨中的庭院。

　　你好像也是一边眺望雨中的风景，一边写信吧。我想在雨天，一整天和你尽情说话。

　　关于正宗一事，我并不太介意。

　　与此相比，今后，把寄信人的姓名改一改吧。

　　小田静夫，如何？像一个美少年的名字。

　　我准备用中村贞子的名字。我中学的朋友中有一个性格特别淳朴的好人——中村贞次郎，所以我打算学习他的优良品格。

　　今后，请一直这样做吧。这种事虽然愚蠢又让人厌烦，不过，万万不可麻痹大意。

　　因为现在和以前不同。

　　那么，请再来信。请保重身体。

一九四六年（昭和二十一年）十月左右

拜覆。

静夫君最近似乎也很痛苦，但痛苦无济于事。请不要再痛苦了，真的。

回到让心情安定的恋爱时期。

放松的感觉。

两人对什么都不扭捏作态、腼腆害臊、胆怯畏惧。

如果不是这样，那将毫无意义。

在这令人厌恶、令人恐惧的现实中，好不容易才找到的一片休憩的草原。

为了彼此，我殷切盼望它能实现。

我想，我这边应该没问题。

我非常爱我的家人，但这又是另外一回事。

这件事，还是只能和你当面谈。

请你认真考虑一下。

我听从你的意见。（婴儿的事情也是。）

你的心宛如镜子。

彩虹或是雾中的剪影画。

静子收

（有人不为你的安宁祈祷吗？）

坂口安吾致矢田津世子的信

——和我见一面吧,我觉得有许多话必须当面对你说

坂口安吾

作家。明治三十九年(1906年)生于新潟县,父亲曾任众议院议员。昭和五年(1930年)创办同人杂志《言语》。第二年发表《风博士》,在文坛崭露头角。此后,发表《堕落论》,并在自传体小说、侦探小说、随笔等多个领域展现才华。昭和三十年(1955年)病故,享年四十八岁。

矢田津世子

作家。明治四十年(1907年)生于秋田县,父亲是巡警。在女校就读时,开始投稿。从女校毕业后,到日本兴业银行工作,两年后离职,开始在报纸上发表作品。二十九岁时,小说《神乐坂》被推选为芥川奖候选作品。中年多病,于昭和十九年(1944年)病故,享年三十六岁。

两人恋情简介

昭和七年（1932年），经共同的朋友介绍，两人在西银座的酒吧相识。安吾爱慕津世子，两人虽互相登门拜访，互相通信，但话题始终局限于文学。相识四年，两人的感情没有任何进展，仅接吻一次，后因彼此对这份感情的不同态度而分手。

拜受来信。
我非常担心你的身体。心情郁闷的害处甚于一切，你要保存气力啊，请你务必保重。
你的信我反复读了数遍，却还是不解其意。我只理解了一点：你被一种特别庄严的，不如说是漠然的、满怀寂寥的姿态打动了。你看到了让人饮泣、残酷冷漠的悲惨姿态，那同时或许也是我的姿态。（后略）

上文是二战后，与太宰治、织田作之助等人一起在文坛华丽登场的无赖派[①]作家坂口安吾寄给美女作家矢田津世子的情书的开头部分。
不过，安吾开始写这封信是在二战前的昭和十一年（1936年）

[①] 无赖派：第二次世界大战刚结束之后的一段时间，在虚脱、恍惚的氛围之中，发表了以反抗世俗、无赖流氓的心情为基调的作品的安吾与织田作之助、太宰治、石川淳、檀一雄等作家被称作"无赖派"，也被称作"新戏作派"。

三月十六日。当时,他在本乡的菊富士宾馆从事创作活动,津世子则和母亲一起居住在距高田马场不远的下落合。

美女作家

写信时,安吾二十九岁。《风博士》《黑谷村》等作品的发表,使他作为新进作家而受到认可,《文学界》一月刊即将开始连载其作品《狼园》,这正是他在文学上意气风发的时候。

津世子比安吾小一岁,二十八岁。她在《妇人公论》《时事新报》等媒体上发表小说和随笔,当年发表的小说《神乐坂》还成为芥川奖候选作品,她开始在文坛上受到关注。

不过,两人相识是在四年前。安吾经京都大学的一位朋友介绍,结识了津世子,之后很快对她心旌摇曳。这时的津世子,相貌酷似西方人,姿色动人,亭亭玉立,身穿美丽的连衣裙,唇边总带有一抹神秘的微笑。

几天后,加藤带着津世子来安吾家拜访。当时,津世子带来了瓦莱里和兰波的书,却忘了带走。为此,安吾彻夜未眠,通宵思考这是不是津世子故意设下的谜团:是为了让我送书时去她家里玩吗?左思右想的安吾依然无法下定决心去津世子家里拜访。就在这时,他收到津世子的一封信:如果可以,请来家里玩。看到这封信,安吾欣喜若狂,随即便去津世子家拜访。

安吾的老家是新潟县的阿贺浦村,祖父是该村的村主任,父亲不仅是众议院议员,还担任过米谷交易所的理事长和新潟新闻的社长等,一家人住在面积超过五百坪①的豪宅中。

津世子出生在秋田县,父亲是巡警。当偶然得知矢田家的一位亲戚也是坂口家的好友后,津世子母亲盛情款待了安吾,这更加深了安吾对津世子的感情。

此后,两人多次约会,每次和津世子约会前,安吾都煞费苦心,事先想好和津世子谈论什么话题,排练好后再出门。不过,安吾不久后与蒲田一家酒吧的女老板安子关系日渐亲密。

安吾爱津世子爱得发狂,却又与安子亲密来往,原因在于:首先,安吾和津世子之间的话题仅限于文学方面,丝毫没有男女陷入热恋之中的感觉;其次,安吾稍稍有些自暴自弃,因为他从喜欢说长道短的女作家那里听到流言,说津世子与《时事新报》的记者和田日出吉关系很密切。

昭和九年(1934年),安吾因两位好友相继病故,突然对未来深感忧虑,于是开始和安子同居,意欲借此完全忘记津世子。另一方面,津世子则因自己颇为倚仗的兄长卷入偷税事件,而和母亲深陷痛苦之中。

昭和十年(1935年),安吾终于重新燃起创作的热情,出版处女作创作集《黑谷村》,还在《文艺春秋》《作品》上发表小说。同年八月,他希望开始新的生活,于是和安子分手,返回蒲田的家。

津世子也摆脱了精神萎靡的状态,开始创作小说。恰在此时,津世子得知,从昭和十一年(1936年)一月开始,安吾将在《文学

---

① 坪:1 坪约合 3.3 m²。

界》上连载《狼园》,而作品中的女主人公伊吹山秋子是以她为原型创作的。

安吾表面上虽已对津世子死心,其实,内心却难以割舍对津世子的感情。为了泄愤,他故意在一些章节中把女主人公描绘成一个坏女人。

津世子为了表示抗议,来到蒲田安吾的家,原打算见面怒斥一番后转身就走。

但是,当看到惊慌失措、一味低头道歉的安吾时,津世子竟说出了完全相反的话:"我爱你。"她真是信口开河啊。或许,是身材高大的安吾那惶恐不安的样子,一时间激起了津世子的同情心。

这之后,两人再次开始交往,不过,源于对津世子的憎恶之情而创作的《狼园》自然难以继续写下去,于是安吾在《文学界》三月刊停止了连载该作品。

开头的情书是此后不久安吾对津世子来信的回复。

津世子出乎意料冒出的一句"我爱你"仿佛使两人旧情复燃,可是,津世子想从安吾身上寻求的,与其说是男女之间的爱情,不如说是一种精神刺激,为的是激发自己的创作热情。换言之,津世子是为了写出更优秀的小说而接近安吾的,与此相反,安吾追求的则是津世子这个女人。

信的开头有一句话"我非常担心你的身体",这是安吾在为前年津世子罹患肺炎而忧心。随后有一句话"你的信我反复读了数遍,却还是不解其意",这是安吾因感到两人追求的目标截然不同而发出的痛苦倾诉。

了解了这些情况后,再读这封信后面的文字,我们就可以更加清楚地明白其中的原委。

（前略）你所说的"信任是虚幻的虚构"这句话很真实。知性和人类之间的关系,始于前者将后者设计为利己主义者。利己主义者信任自己,这已耗尽他的全部信任了吧。（中略）

对于你所说的"映像否决实体",我也承认,这是我们共同的宿命。但我不明白的不是你说的这句话,而是我难以对这件事情本身做出明确的判断。实体逊色于映像,不,映像逊色于实体……为什么这样?因为我们自身就是实体,是不是也可以这样说呢?（中略）

写信还是无济于事,和我见一面吧,我觉得有许多话必须当面对你说。

矢田,你的文学,不,你的生活,就像你给我的那封信一样,还没有从知性之谜中走出来。

这是绝对不行的。

生活必须从那里走出来,文学也是一样。

词不达意,无法把我的想法一一清楚地表达出来,和我见一面吧,我亲口告诉你。

请保重身体。

安吾

不等价的爱情

读完这封信后,给人最初的感觉是满篇文字啰啰唆唆、晦涩难懂。

其中,尤其值得注意的是"信任是虚幻的虚构"和"映像否决实体"这两句话。对于这两句话,安吾的信中都写到"你所说的",由此可见,这是津世子来信中出现的两句话。

那么,这两句话是什么意思呢?首先是"信任是虚幻的虚构",对此,安吾在信中给出了他自己的解释,可是,只看安吾的解释,还是如堕五里雾中。据我猜测,津世子是把安吾视为文学上的前辈,期待他成为自己的好顾问;而安吾则是为了和她恋爱才接近她。津世子可能是用"信任是虚幻的虚构"这句话来表达两人之间这种不协调的感觉吧。

其次是"映像否决实体",津世子之所以这样说,是因为在她想象的世界中,安吾是作为一位文学家而存在的。和安吾见面后,她却发觉安吾是一个对女人充满渴望的男人。这种差异令津世子愕然。可是,对此,安吾并没有察觉,只是用晦涩难懂的词语来解释。

当然,事到如今,我们已无从知晓津世子的真实想法。津世子原本将安吾当作自己在文坛上展翅高飞的一块踏板。而与此相反,安吾则将津世子视为自己最爱的女人。可以说,是两人在想法上的差异产生了这封奇异的情书吧。

信的后半部分有一句话"写信还是无济于事,和我见一面吧,我觉得有许多话必须当面对你说",这无疑体现了安吾对津世子的满腔赤诚、一片真心。

然而,两人不久就分手了,这是必然的。

后来,安吾将津世子邀请到菊富士宾馆,满怀期待两人在这个晚上能共度良宵。他强吻了津世子,津世子虽有些抗拒,最后无奈,还是让安吾吻了她,却几乎没有任何爱意。安吾像抱着一个玩偶一样无趣,终于下定决心和她分手:"我们之间不能再有任何关系。我总算明白了这一点,所以,就当我们的身体已经不存在,我们再也不要见面了。"

于是,在开头的信发出仅三个月后的六月十七日,安吾给津世子寄去了一封信,内容如下:

津世子:

　　谢谢你的来信。请保重身体。身体一旦不好,思想也将变得贫乏,所以不要那样。

　　我从这个月开始投入工作。为写这部作品,即使缩短我的寿命也在所不惜。(中略)

　　我的虚无似乎日益严重,无以复加,是它一步步向我逼近,还是我摆脱它,我已经束手无策。(中略)

　　请当我只存在于我现在写的作品之中。我想:我的肉体在你的面前已被杀死,以往的工作也全被抹杀。

安吾

严格来说,与其说这是安吾在倾诉,不如说这是一封诀别信。

尤其是结尾的文字"请当我只存在于我现在写的作品之中。我想：我的肉体在你的面前已被杀死"，这表明安吾对常年魂牵梦萦的津世子彻底死心了。

实际上，当一个男人断言在一个女人面前杀死自己的肉体时，则意味着放弃了自己作为男人的角色，那也意味着安吾不再将津世子视为一个女人。

有的女人主张，男女之间并不仅限于爱情和性，也存在友情。可这对许多男人并不适用，尤其是像安吾这样想要疯狂去爱的男人。对他而言，和没有肌肤之亲的女人之间的友情没有任何意义。如果费心费力和女人保持这种关系，还不如重视男人之间的友情，因为后者比前者更现实有效。

在这一点上，津世子对安吾或许有些判断失误，过于乐观了吧。

不过，无论安吾如何文采斐然，对安吾本人毫无爱意的津世子只会默默凝视安吾渐行渐远。

由此看来，表面上华丽夸张的广告文字——"年轻无赖派作家和美女作家之间的真挚恋情"，实则从头到尾都是无赖派作家的单相思。两人的关系于五年后即宣告结束。

走向"破灭派"

此后两人再未见面。

安吾决意和津世子分手的同时，再次接近安子，并移居京都，开始写作《吹雪物语》，却进展缓慢。他开始频繁出入酒馆和围棋会所,生活昏天黑地。

另一方面,津世子和大谷藤子去旅行,回来后,出版了短篇作品集《花荫》,博得好评,随后出版的《家庭教师》还被搬上了荧幕。

由此看来,男女分手后,出乎意料的倒是男人大多精神脆弱,工作上萎靡不振,安吾也不例外。

不过三年后,安吾的工作逐渐步入正轨,在《文学界》《现代文学》等杂志上发表小说、随笔,于昭和十八年(1943年)又出版了《真珠》《日本文化私观》等作品。

与此相对照,津世子有一段时间和第一高等学校毕业生岛村五郎交往密切,然而以前得过的肺结核复发并恶化,她开始常年卧床。随着战争的白热化,她的病情越发加重,于昭和十九年(1944年)三月十四日与世长辞。

津世子享年三十六岁。她天生丽质,可是作为作家,她的才华还没有尽情施展就遗憾离世了。

得知"津世子去世"的消息后,安吾为之语塞,为之泪流,可津世子毕竟是他已经死心、试图忘记的女人。安吾悲伤不已,心中还在想:"事情变成这样,为什么你不来依靠我呢?"

津世子的离世,使安吾的心情在某种意义上归于平静。随着战争的结束,他焕发出新的创作激情。昭和二十一年(1946年),他发表代表作《堕落论》[①]《白痴》,由此一跃成为与太宰治、织田作

[①]《堕落论》:安吾的代表作之一。二战后,社会动荡不安,安吾主张:"只有彻底堕落才能发现并拯救自身。"此主张引起剧烈反响。以这一主张为基础,安吾发表了《白痴》《外套与蓝天》等作品,博得好评。

之助等人并列的二战后的旗手作家，因而备受关注。

可此时，安吾为保持自己的创作激情，开始大量服用药物。昭和二十二年（1947年）九月，安吾与梶三千代结婚，但他的药物中毒症状不断加重，昭和二十四年（1949年），在东京大学神经科住院治疗。

当时许多作家滥用兴奋剂，可安吾的病情却不断恶化，不仅失眠，还出现幻觉和幻听，加之又患上了严重的抑郁症，常陷于发狂的状态中。

昭和二十五年（1950年），安吾发表《安吾巷谈》。昭和二十六年（1951年），发表《胜利之前绝不能输》。昭和二十七年（1952年），发表《安吾行状记》等作品，此时他已经没有精力再写虚构小说了。昭和二十八年（1953年），安吾因大量服用药物而导致精神错乱，被关入拘留所。

昭和三十年（1955年），安吾在《中央公论》上发表《狂人遗书》，如书名所示，这本书成为他的绝笔之作。二月十七日，安吾留下"舌头不听使唤"的遗言，因脑出血发作去世，享年四十八岁。

现在当我们回顾安吾的人生轨迹时，可以说这确实是二战后的"无赖派""破灭派"典型的生活方式。这与二战后盛行的虚无主义有关，与他所受到的精神伤害——被最爱的人矢田津世子拒绝——也不无关系。

可以说，一位作家的作品和人生经历是他身边接触到的所有人的集大成之作。只要我们反复阅读这些情书，就能深刻理解其中的意义。

对安吾而言,津世子是他最爱的人,被她拒绝的失望烦躁让他写出了《堕落论》等杰作,同时,这也是他开始毫不爱惜自己的身体,走向自虐的原因之一。

作为同时给安吾带来积极影响和消极影响的女人,津世子或许在文学史上有其一席之地,至于她自己是否满足,时至今日,已无人知晓。

安吾致津世子的信

拜受来信。

我非常担心你的身体。心情郁闷的害处甚于一切,你要保存气力啊,请你务必保重。

你的信我反复读了数遍,却还是不解其意。我只理解了一点:你被一种特别庄严的,不如说是漠然的、满怀寂寥的姿态打动了。你看到了让人饮泣、残酷冷漠的悲惨姿态,那同时或许也是我的姿态。

你所说的"信任是虚幻的虚构"这句话很真实。知性和人类之间的关系,始于前者将后者设计为利己主义者。利己主义者信任自己,这已耗尽他的全部信任了吧。对于我们来说,信任他人就是抛弃自己,我不能否定这甚至可能是罪恶的谦逊。

对于你所说的"映像否决实体",我也承认,这是我们共同的宿命。但我不明白的不是你说的这句话,而是我难以对这件事情本身做出明确的判断。实体逊色于映像,不,映像逊色于实体……为什么这样?因为我们自身就是实体,是不是也可以这样说呢?

如果你完全忘记某个时候你持有的抽象的观念和"生活"这个词语的联系,那种抽象的观念难道不是犯错了吗?我也不是特别明白。

写信还是无济于事,和我见一面吧,我觉得有许多话必须当面对你说。

矢田,你的文学,不,你的生活,就像你给我的那封信一样,还没有从知性之谜中走出来。

这是绝对不行的。

生活必须从那里走出来,文学也是一样。

词不达意,无法把我的想法一一清楚地表达出来,和我见一面吧,我亲口告诉你。

请保重身体。

安吾

我收到的情书

——现在,欲说再见,却饱受痛苦之火的折磨

渡边淳一

作家。生于昭和八年（1933年），昭和二十四年（1949年）从旧札幌一中毕业后，升入札幌一高。高中二年级时，因学区合并，学校改名为札幌南高。从此时开始，男女同校，渡边淳一结识了加清纯子。

加清纯子

画家。昭和八年（1933年）生于札幌，从初中开始学习绘画，初中三年级时，其作品入选北海道画展，作为天才少女画家而受到关注。此后，参加各种美术展，尽显才华。昭和二十七年（1952年），在札幌南高读三年级时，在北海道阿寒湖自杀，年仅十八岁。

两人恋情简介

　　因学制改革,变为男女同校,淳一和纯子两人在高中二年级时成为同班同学。淳一收到纯子的一封信后,两人开始交往。此后,两人频繁通信,经常约会。但纯子除了淳一之外,还有几个男友。不久,纯子和淳一分手,奔向比她年长的恋人的怀抱。后来,纯子自杀。

再见
谁先说出这句话
谁就是赢家
落于人后者
最为悲惨
这我一清二楚
现在
欲说再见
却饱受痛苦之火的折磨

即使遭遇横祸
是拖延时日为幸福
还是
在心灵没有受伤之前
将所有的火

毅然扑灭

才美好

我不知道

同是火焰

有奥林匹克的圣火

也有火柴的微光

命运之光似乎种类繁多

现在

我凝视眼前的火焰

不知它是前者还是后者

想做出预言

却只有恐惧

纯子

　　上文是昭和二十五年（1950年）十一月，我读高中二年级时，同班同学加清纯子写给我的一封情书。

　　情况一目了然，这是用诗歌写成的情书，稿纸上还印有她的姐姐——诗人加清兰子的名字。

让人头疼的孩子

　　关于加清纯子，读过我小说的读者可能知道，她就是长篇小说

《魂断阿寒湖》①的女主人公时任纯子的原型。

从那时开始,她已在北海道画展、东京中央区女画家画展等各种画展上展出作品,作为一名天才少女画家而受到人们的关注。

那时的她皮肤白皙,双眼炯炯有神,让人印象深刻。头发染成了褐色,总戴着一顶红色贝雷帽,身着一件红色大衣,吸"光"牌、商标是红太阳的香烟。

写到这里可知,她就是现在所谓"小阿飞",当时这样的年轻人被叫作"让人头疼的孩子"。

她和我交往,是在我收到这封信的一个月前。十月末我过生日时,收到她的一封短信:"祝你生日快乐。"

在此之前,我不喜欢她自矜为天才少女而傲慢张扬的态度,对她不理不睬。不过,和她见过一次面之后,我却迅速迷恋上了她。

尽管如此,当时的高中生远比现在的高中生单纯,尤其是身处质朴刚毅的氛围之中。作为一名淳朴的少年,我能做的事,只是夜晚和她散散步而已。

说实话,当时我还不了解女人,虽然对女孩有热烈的渴望,可现实中却不知道应该怎样追求女孩、怎样和女孩相处。

可是,她显然比我早熟得多,后来我才知道当时她已经和画家、医师、新闻记者、导演等四五个中年男人有过交往。

那这样的女孩为何会对我感兴趣呢?后来,在她留下的日记

---

① 《魂断阿寒湖》:在纯子去世二十年后,作者向和她交往过的男人们、她的姐姐询问有关纯子的事情,也记述作者本人的经历,从而塑造了具有多面性的纯子这一角色。这部小说是渡边初期的杰作。

里，有这样一句话：班里有一个骄傲自大的男生，所以我一定要诱惑他试试。

由此看来，我轻而易举地落入了她的圈套。我们两人的恋爱过程自然是由她来引导，我只是惴惴不安地紧随其后。

收到这封情书一周后，在一个深秋的夜晚，我们两人在路上漫步。开始我们并排而行，后来我握住她插进我大衣口袋里的手，这就让我感到无比满足。

她家在学校附近，我家在离学校三公里远的山下。我们两人在途中会合，一起步行到我家。告别时，我觉得让她一个人回家可不行，于是对她说："我送你回家吧。"她却说："我到附近还有事。"我只好说"再见"，和她道别。

现在，再读这封情书，我体会到了她的依依惜别之情。我也是一样。只不过，当时情窦初开的我既无能力也无时间来察觉这些。

那晚散步之后，她请了三天假，第四天午休时，她像风一样出现在教室，对我说了句"读一读吧"，然后放下一本书就走了。这本书是岩波文库的《巴马修道院》，开头的信就夹在里面。

她以前就有结核病，又以外出旅行写生和参加东京的展览会等作为理由，经常向学校请假。有时上午上完课就回去，有时下午才来学校，简直像风一样来去自由。班主任老师和其他老师，几乎从来没有因为这个批评过她。

也就是说，从那时开始，她就受到特别的优待。

收到这封信后不久，第一场雪飘然而至，札幌进入漫长的冬季。这一年的秋天到第二年四月，是我们感情最热烈的时期。

那段时间,我们两人照例在雪中一次次漫步,有时她还邀我去位于薄野的艺术家们聚集的咖啡馆,不过,最刺激的还是我们在图书室的幽会。

当时,我是图书部的成员。进入第三学期后,三年级的学生都不再参加学校的各类活动,我当上了图书部的部长,图书室的成员室的钥匙在我手里。晚上,我们两人用这把钥匙开门幽会。

虽然是寒冷的夜晚,炉火也已熄灭,但我们穿着大衣,喝着她带来的威士忌,吸着烟,一点儿都不觉得冷。

当然,这严重违反校规,一旦被发现,将是非常严重的问题。不过,对她正心荡神摇的我毫不害怕。后来,我想起那个冬天,写出如下的和歌:

> 微微上扬的
> 你的睫毛上
> 雪翩翩飞舞
> 新的爱情啊
> 如今已开始

> 那个时候
> 我们彼此
> 那般热吻
> 静静飘落着
> 同样的雪花

漫长的冬季即将结束,与此同时,我们的爱情也随着季节的更替,发生了微妙的变化。

  三月十八日和十九日

  前天我失去一个东西
  却又得到半个东西
  昨天又觉得
  自己失去一个东西

  前天失去的东西
  是迄今一直支撑我的
  我唯一的可怜的自尊心
  而得到的是一半的灯光
  不,或许是三分之一
  昨天我仿佛连那灯光也失去了
  唯有痛苦
  今天也是……
  明天也是

正如纯子在信中所述,三月十八日和十九日,我们好像一连两天都在图书室见面。因为往事太过久远,我不能完全确定,不过,我觉得她信中所述"失去的东西"应该是指她说的两句话。

其中一句是"淳,抱我",另外一句是她的低声细语"吻我"。

第一天,按照她说的,我紧紧地抱住她;第二天,我鼓足勇气吻了她。这都是作为男生的我为了满足她的要求而做的。或许,这伤害了她的自尊心吧。

实际上,当她在黑暗中低声说出"吻我"时,我不知所措,她又追问"不行吗?",我才慌慌张张吻了她。因为我刚听她说起,她因结核病而咳血,我担心自己被她传染上。

后来我才知道那是她编造的谎话,她故意把自己装扮成得了结核病的美少女。可是,当时的我并没有那么敏锐的洞察力。

这之后不到一周,发生了一件意想不到的事。

我们在图书室幽会后,接近晚上十点,偷偷穿过体育馆,正要从学生出入口出去时,却被巡夜的值班老师——教我们英语的濑户老师发现了。

"谁啊?"一个声音响起。看到被手电筒照着、吓得呆立不动的我们,老师低声说道:

"啊!是你们啊……"

当时老师一定猜出了我们在图书室幽会,不过老师只说了句"不能在学校待这么晚,快回家吧",就放我们走了。

在这件事之后,我很快收到纯子的一封信。

> 我很担心上次的事。
>
> 我害怕濑户老师,不过,我更害怕你心中的想法。经历了

那件事,你是否开始厌恶所有的一切?

  但是,我依然坚信,

  我们两人之间,存在能够克服一切困难的顽强的东西。

  那夜,在门边的感受——

  我也有同感,所以我惊讶。

  倘若再有一次那样的机会,

  我缺乏自信。

  不知为什么,我感到不安。

  因为我有一种预感,

  倘若再进一步,

  你好像会大喊大叫地崩溃。

  昨天我和欧巴一起从你家门前走过,

  这已使我心满意足。

纯子
三月二十三日

  自不必说,信的开头是我们两人幽会被老师发现后她的担忧。

  与做坏事习以为常的她相比,我非常胆小怕事,被老师发现后,确实很害怕。

  信中所述"在门边的感受",指的是我们正要从图书室出来的时候,我突然想得到她的一切。我写信告诉她这件事,这是她的回复。她觉得即使她同意,我反而可能会崩溃。在她看来,我非常胆小吧。

信结尾的"欧巴",指的是图书室管理员,当时仅二十几岁,我们把"欧巴桑(阿姨)"亲切地称为"欧巴"。

雪中的康乃馨

大约两个月后,我们的恋情突然结束了,因为她有了新的男朋友。

知道这件事后,我觉得是自己太幼稚,配不上她,心里既烦躁又痛苦。最后我想:如果我考上大学,她应该会对我另眼相看吧。于是,我开始把全部精力投入到大学升学考试中。

她则更加奔放地和男人来往,几乎不再出现在学校。第二年冬天(高中三年级),她去冰雪皑皑的阿寒湖写生,后一去不归。两个月后,在俯瞰阿寒湖的钏北山口附近,有人发现她被大红大衣覆盖的尸体。因为周围散落着安眠药的空瓶,所以断定为自杀。因为她俯卧在厚厚的积雪中,所以,容颜未变,只是像冰一样苍白。

可是,她为什么在十八岁的妙龄时期自杀身亡呢?是过于早熟的生活令她厌倦,还是她想以一种令人震惊的死法来实现她长久以来就有的自杀愿望呢?

自杀前在札幌的最后一夜,她来到我的书房外。当时,我因备考大学升学考试而疲惫不堪,正在打盹儿,她轻轻敲了敲窗。

这时,我突然有一种异样的感觉,当我睁开眼睛时,她已经渺无踪影,只看到深夜的雪中放着一朵红色的康乃馨。

我慌忙冲出屋外,追逐她的身影,但积雪的道路上寂静无声,到处都看不到她的身影。

后来,我决定把她的故事写成小说。我采访曾和她有关系的男人们,他们每一个人都小声嘟囔:"我认为她最爱我。"当被问及理由时,他们回答:"因为在札幌的最后一夜,她到我这里来,为我放下了一朵红色的康乃馨。"

如此看来,放在我屋外的康乃馨,也是她暗示自己将死去、要给我留下深刻印象的表演道具吧。

总之,自恋、自私又妩媚的精灵给许多男人留下了鲜明强烈的印象,在阿寒湖的雪中自杀身亡。

现在,回顾往事,我和她之间火热的、不寻常的爱情经历深深改变了以后的我,使我开始欣赏艺术,或者是充满美感的事物;使怯于与女性交往的我,开始敢于和女性相处;还让我思索爱情和死亡,常怀一种虚无的感伤。最重要的是,如果没有和她相遇,或许我不会成为作家。

她留下的信是一封情书,也是一首诗。作为高中二年级学生,她的诗出色而巧妙,又带有几分冷静。或者可以说,她是一边写情诗,一边在用冷静的目光审视我们两人的关系吧。

或许,她是一边恋爱,一边自我陶醉于恋爱中的自己。

现在,这些纸张已褪为深褐色的信和预示她死亡的自画像一起展示在位于札幌的我的文学馆[①]中。

[①] 文学馆:平成十年(1998年),渡边淳一文学馆在札幌市中岛公园附近开馆。文学馆中有手稿、创作记录等常设展品,人们还可以在这里观看由渡边淳一原作改编的电视剧。

纯子致淳一的信

昭和二十五年(1950年)十一月

再见
谁先说出这句话
谁就是赢家
落于人后者
最为悲惨
这我一清二楚
现在
欲说再见
却饱受痛苦之火的折磨

即使遭遇横祸
是拖延时日为幸福
还是
在心灵没有受伤之前
将所有的火
毅然扑灭
才美好
我不知道
同是火焰

有奥林匹克的圣火
也有火柴的微光
命运之光似乎种类繁多

现在
我凝视眼前的火焰
不知它是前者还是后者
想做出预言
却只有恐惧

昭和二十六年(1951年)三月

三月十八日和十九日

前天我失去一个东西
却又得到半个东西
昨天又觉得
自己失去一个东西

前天失去的东西
是迄今一直支撑我的
我唯一的可怜的自尊心

而得到的是一半的灯光

不,或许是三分之一

昨天我仿佛连那灯光也失去了

唯有痛苦

今天也是……

明天也是

昭和二十六年(1951年)三月

  我很担心上次的事。

  我害怕濑户老师,不过,我更害怕你心中的想法。经历了那件事,你是否开始厌恶所有的一切?

  但是,我依然坚信,

我们两人之间,存在能够克服一切困难的顽强的东西。

那夜,在门边的感受——

我也有同感,所以我惊讶。

倘若再有一次那样的机会,

我缺乏自信。

不知为什么,我感到不安。

因为我有一种预感,

倘若再进一步,

你好像会大喊大叫地崩溃。

昨天我和欧巴一起从你家门前走过，
这已使我心满意足。

　　　　　　　　　　　　　　纯子

　　　　　　　　　　　三月二十三日

我写的情书

——此时此刻,爱的余波依然此起彼伏,令我痛苦

渡边淳一

作家。昭和八年（1933年）出生。从札幌南高毕业后，升入北海道大学。在教养部学习两年后，升入札幌医科大学医学部。毕业后，进入该大学骨科，后来任讲师。在此期间，在同人杂志上发表作品，1965年获新潮社"同人杂志奖"。1969年春进京，正式成为职业作家。

小贯嘉子

帽子设计师。昭和八年（1933年）生于札幌。从札幌南高毕业后，在西式裁剪学校就读。后进京，就读于一所制帽学校，毕业后成为该校教师，同时和学长设立工作室，制作各种女帽及与皇室相关的帽子。

两人恋情简介

　　因学制改革,变为男女合校,两人因此在高中二年级时成为同级生。两人住得很近,交谈的机会有很多,淳一对小贯有一种朦胧的爱意,可不久却和另一名同级生(加清)交往。二十几岁时,淳一发现自己对小贯重燃爱意,不过因为札幌和东京之间距离遥远,两人的恋情没有进展,最终分手。

嘉子:
　　今天,五号的早晨,我一反常态,黎明早早醒来。
　　窗边一片明亮,或者说感觉窗边发白更合适些,一派初冬清晨的景象。我在你的房间时,早晨,透过防雨窗听到木屐走在路上的声音。此时,这声音依然奇妙地在我耳边回响。
　　我从床上坐起,给你写这封信。有时我突然沉浸在你默默躺在我身边的回忆之中。
　　那短暂的习惯还在发挥着微弱的影响。
　　回想起来,我一次也没和你逛过街,不过我一到你身边,心情就极为平静。好恶姑且不论,在你身边感受到的这种安宁,现在却让我深感烦闷。与其说我喜欢这种感觉,不如说我深切感受到它对我纠缠不休而让我不快。
　　今天如果是这种天气,可能会是一个久违的晴朗周日。群山层林尽染,树木半数凋零。一想起阴冷的冬天即将来临,我的心情是何等忧郁。

不过,比起身穿西装走路,我更喜欢穿上一件风衣,外面再套上一件保暖的大衣,所以,从这一点看,冬天未必让我感到厌烦。

在医院我总钻到地下室,每天和兔子一起度过。我有一种奇怪的感觉,这样下去,我绝对不敢给人看病,这真可笑。明天我要带六十只兔子一起去野外活动,让它们在网球场玩,这是我的工作。这工作可以稍微马虎一点儿,像牧童放牧一样。(中略)

天已大亮。

我回忆起你躺在床上悄然入睡的情景。我喜欢你的秀发,头发不多但柔顺。

我简直不敢相信:你的小房间也迎来了同样的早晨。

这个冬天你回来吗?如果你回来,我去接你。

请保重身体,常常来信。

淳一

上文是昭和三十六年(1961年)十一月,我在札幌给小贯嘉子写的信。当时,她住在离新宿不远的大久保的公寓中。

虽说是距今四十年前的往事,可公开自己的情书还是让我感到羞愧。如果可以,我实在不愿公开。但是,正因为至今我已介绍、研究了许多人的情书,所以我认为如果不公开自己的情书实属怯懦之举,同时这也是为了满足编辑部的愿望。这是我第一次公开自己的情书。

即便如此,这封情书为何能够保留下来呢？毋庸赘言,正因为情书是自己写给别人的信件,所以,如果收信人没有保存这些信件,寄信的当事人也不可能再见到。

因此,我向保存这些信件的小贯嘉子女士致以深深的谢意。

复苏的恋情

小贯和我是札幌南高的同级生,情书开头出现的称呼"贯"是"小贯"这一姓氏的简称,从那时起,我们就用这一昵称来称呼她。(以下,我用我习惯的"贯"这一名字来叙述)

说起高中的同级生,"我收到的情书"一节中的加清纯子也是,实际上,她和贯有一段时间还是同班同学。因此,贯知道我从高中二年级的秋天开始和加清纯子谈恋爱的事。

老实说,那时我确实对贯有好感。一看她的照片即知,她那时就是一个温和娴静的女生,是许多男生的梦中情人。

对贯有好感的我之所以接近纯子,是因为被纯子吸引了。她给人一种奇异的感觉,有一种让人怦然心动的魅力。或许也可以说,与在山谷中暗吐芬芳的百合相比,鲜红的大朵蔷薇更吸引我。

可是,过于妖艳多姿的蔷薇花——纯子在高中三年级时抛弃了我,而后又投入到别的男人的怀抱,又在那年冬天自杀身亡。

此后一段时间,纯子的猝然死亡给我极大的冲击,令我失魂落魄,但随着我从高中毕业,升入大学,终于逐渐和与纯子有关的记忆诀别了。

纯子的确给我造成了难以忘怀的重大影响,不过,我劝诫自己:逝者已逝,不可能死而复生。在我意识到纯子渐渐离我而去时,我的心中再次萌生了对曾经有好感的贯的爱意。

不过,此时贯在札幌的三菱下属的一家公司工作,是一名办公室职员,有传言说她已和别人定下终身,而且这个人还是我的好友——从南高升入北海道大学的男生 M。

后来,我才得知这只是传言而已。不过,当时尽管我偶尔和贯见面,可还是担心 M 的想法,没能和她有进一步的交往。

忙忙碌碌中,贯因为兄长在东京,便进入原宿的一所制帽学校学习,离我远去。再后来,M 从大学毕业后进入日立制作所工作,不久竟猝然离世。

严格来说,我开始意识到贯是自己喜欢的人是在此后不久,是我从高中毕业,六七年的岁月消逝之后。而且,不幸的是,札幌和东京距离遥远,我们是现在所谓异地恋。

开头的信写于昭和三十六年(1961 年)十一月,当时我二十八岁,是当上医师的第三年。我已通过国家考试,作为骨科的研究生,为获得学位正在进行各种动物实验。

根据我的年谱回忆,在写这封信之前,我为了学习做骨移植实验需要掌握的同位素知识而进京,在东京停留数日,在位于大久保的贯的公寓中住过一夜。

这封信是我返回札幌后寄给她的。

至今,我依然记忆犹新。她的公寓在二楼,面积不大,收拾得整整齐齐,制帽用的小熨斗放在房间的一角。

当然,我们两人都是单身。凌晨,我无意中醒来,偷偷看她。正如我在这里也提到的,贯的头发柔顺光滑,当时,一头秀发的她正安静地睡着。

信中提到"我总钻到地下室",这是因为实验室位于医院地下,我养了六十只实验用的兔子,每天辛辛苦苦地喂它们饲料。当时我确实感觉自己不像一名医生,倒像是一名研究人员。顺便说一下,我论文的题目是《基于同位素 P32 的骨移植实验研究》。

现在一看到这封信,我不仅油然生出当时对贯的感情,同时,也重现了自己的昔日生活,感到既羞愧不安又难以忘怀。

远距离恋爱

但此后,我和贯的恋爱并非一帆风顺。

我确实钟情于贯,贯应该对我也有好感。对我们两人而言,最大的问题还是札幌和东京之间遥远的距离。

如今,这段路程搭乘飞机仅需一个半小时,可谓转瞬即至。不过,当时还是螺旋桨飞机,而且只有极少数的人乘坐。对绝大多数的人而言,这是一次需换乘火车和青函联络船、用时近三十小时的漫长之旅。两地之间的距离,就像现在的东京和纽约,或者可以说,比这更加遥远。

正因如此,所以我趁去东京参加学术会议之机,或者贯在新年、孟兰盆节返乡之时,我们才有机会见面,一年最多见一两次。

而且,当时贯正在制帽学校专心学习。她告诉我,如果这样下去，她打算在东京工作。

还有就是，贯的性格矜持拘谨，从来没有主动向我吐露过芳心。不得不说，这也逐渐消磨了我的热情。

当时我这种焦躁的心情在第二年五月我给她的信（参照P230）中体现得淋漓尽致。

后来，我从研究生院毕业获得学位，并于昭和三十九年（1964年）十月结婚。

下文是婚后三个月我写给她的信。当时，她还在东京。

贯：

已有多年听不到这个名字。即便如此，当我写这个名字时，心中再次生出一种难以言表的思念之情。

贯，我最后一次见到你是在前年夏天，当时我正在雄别（钏路北边阿寒郡的雄别煤矿医院）出差。我从那儿直接回了札幌，今年一月，我又来这里出差，预计为期三个月。（中略）

前年夏天，我回札幌待了两天，那时偶然遇见了你。

还记得我们去了能看到水银灯的宫森的庭院吗？还记得第二天我们约定午后在"UNO"见面的事吗？

那时，我极为迷茫，结婚的事让我心烦意乱。

和你分别的夜晚，我终于下定决心：我的确应该诚实地忠实于自己的感情。

我打算对你如实地倾诉我的爱，请求你来到我的身边。许久以来，我们之间好像缺少开诚布公。

那一天,我等待你的到来,等啊,等啊,在等待的过程中,我突然感觉到自己的宿命:这是不对的,贯,我和你还是不可能的。

那个夜晚,我乘夜班列车返回雄别。从那以后,我一如既往,每天继续浑浑噩噩。

但或许是这个缘故吧,就连和你见面时的夏日前后的事情,我也记得一清二楚。

那年秋天,我去了东京。不管怎样我都想见到你,我无法自抑乘车去了那个一二三庄。公寓还是以前的公寓,可我并没有见到你,我向大路上的房东打听,他说你早已经出门了。

我想我和你,这次确确实实结束了。我坚信:真的结束了。

如今,我真的可以坦诚相告,我喜欢你,贯。纵然我们时而向那边前行,时而向这边进发,行走在不同的岔道之上,但无论什么时候,我都无法将你忘怀。

我们上高中的时候,你说要去东京的时候,我们在札幌重逢的时候,每时每刻,都暗藏着我对你的爱。

我想:从高中开始对你萌生的爱,在我人生不同的旅程中是最坦诚、最纯洁的爱,也正因如此,对你的爱,是我最善良、最珍贵的情感。

在夕阳的余晖中,在朝里(距小樽不远、面对日本海的小城)的海边确认过的我们的爱情,宛如落日一样消失,已成追忆。

现在,我知道了结婚是多么让人受累的事啊,可说什么也无济于事了。

　　我想把对你的爱作为昔日的回忆藏在记忆深处,它仿佛一枚被烧成碎片的明信片,在我的心中四处飘荡,掀起波澜,令我伤悲。

　　我尚未解脱、尚未平静下来,此时此刻,爱的余波依然此起彼伏,令我痛苦。

　　事到如今,我才第一次能够坦白自己的心情,这算什么啊?不过,可以说,我自己明白了许多事情。

淳一

专属自己的时间胶囊

　　在结婚几个月后的某一天,我无意中收到贯寄来的一张明信片。看到它,我觉得它好像是一封披露事实的信。

　　现在,重读这封信,我深感羞愧难当,如果可以,我想把它悄悄收藏起来。

　　然而,正如我开头所述,至今我已经公开了许多人的信,如果把自己的信藏起来,或许是卑怯之举。

　　而且,贯珍藏着我的信,实属偶然,这近乎奇迹。或许,信自身也盼望着公之于世。

　　也是出于这种想法,我战胜心中的羞愧之情,公开了自己的情书。

虽然信中有许多地方表现出了我的幼稚,有的地方自以为是,但对我而言,那令我怀念。同时,这也是我发现自我的好机会:原来我曾有过那样的时刻。

换言之,情书是表白爱意的信笺,也提供了寻觅和审视往日自己的良机。在这个意义上,可以说它无疑是自己的历史。

现在是电子邮件和电脑的时代,不过,有时还是自己亲笔写信好,尤其是写情书。

情书最好的地方是泛黄的便笺上写着褪色的文字,破烂不堪的信封上写着两人往日的住址和日期,还有当时的邮票,因自己亲手书写而营造出的那时那刻的气息扑面而来。

如果有机会,我们应该亲手写情书。

如果我们战胜心中的羞愧,认认真真地写一封情书,自己留下一份副本,而且在某个时候再重读这封情书,那么将会沉浸在美好的回忆之中。

这是为什么呢?因为情书是专属自己一个人、收藏秘密的时间胶囊。

淳一致贯的信

贯：

　　时隔许久，昨夜我听到了你的声音。不知为什么，你的声音和以前完全不同，我还以为是别人。

　　你明明黄金周要回札幌，却不和我联系，我不知道这是怎么一回事。听说你已经回来了，这让我有些吃惊。

　　虽然你说联系了，不过，如果回来，那你提前用心写封信告诉我你要回来，就不会发生这种事了。一点点小疏忽让我们一次又一次擦肩而过，全是这样。这次真的是你懒得动笔的缘故，所以，我都有点儿生气了。

　　现在，我正忙于准备学术会议，一连几天都很忙，所以，连打个简短的电话的时间都没有。如果有院内广播什么的就好了。

　　我想，这是怎么回事呢？四号，还是和令尊联系一下吧。我给令尊打了电话，得知你五点多已经回来了。

　　我想你常改变主意，或许不来了吧，没有准信，等你也没法等。五号早晨，按照事先商量好的，我去医局长那儿了。

　　母亲就是母亲，我简直没法说她。星期天的晚上，她只轻描淡写地说了一句："昨天伊泽来了。"我问她是不是还有一个人也来了，她说好像还有一个人。她说不知道是谁，等我觉得大概是你的时候，已经晚了。

　　总之，你事先联系好我，就不会发生这种事了。

按照我在电话里说的,我二十四号去东京。

如果你不在东京,我并不太想去东京。

总之,你要把预定的安排清楚地告诉我。

总之,我一定要见你!

五月份我能去东京,情况能变得好些吧。

我想:索性我也去趟关西吧。总之,我希望你一定要联系好我。

如果你不在东京,我参加学会的喜悦也会减少大半。

这个夏天,我大概要长期出差,无论如何,我一定会设法和你见面。

我等你的消息。

淳一

后记

现在,年轻人自不待言,甚至年岁颇高的老人也用电子邮件和电话处理事务,已很少有人写信了,甚至很多人还用电子邮件向喜欢的人倾诉衷肠。

岁月如流,我突然有一种冲动:想寻找、阅读迄今各色人等写下的情书。

话虽如此,因为情书本来是秘密书写、秘密阅读的信件,所以公开的情书极其少见,而且,其中大多散佚。我竭尽所能终于从这些情书中找到了本书中人物留下的情书。

他们每一位都是从明治到大正再到昭和期间轰轰烈烈活过的人,他们的人生活灵活现地体现在情书的一字一句中。

的确,情书虽是向恋人表达爱意的信,却也反映这个人的真情实感和他所处的那个时代。因此,可以毫不夸张地说,出现在这里的情书本身就是一部日本近代史。

而且，情书是浓缩自己的感情、自己亲手写下的信件，既是各个不同个体的历史，同时也是这个人最为激情澎湃、意气风发之时的记录。

我把自己曾经收到的、寄出的情书也列在这一系列情书的最后，这是为了满足编辑的愿望不得已而为之的。当然，内心深处也并非没有赎罪的意思——因为我私下阅读、研究了这么多人的情书。

现在再一次重读我写的情书，我感到羞愧不已。信的内容不完整，有几处甚至想加以改动，不过，我转念一想，这些缺点正体现了年轻人的幼稚。于是，我原封不动地刊出了。

读了这本书的读者，如果以此为契机，写下情书、寄出情书，我将感到无上的喜悦。

渡边淳一
平成十四年盛夏　东京